U0936457

А Пушкин

商务印书馆（成都）有限责任公司出品

致普希金

刘文飞
姜江
——编著

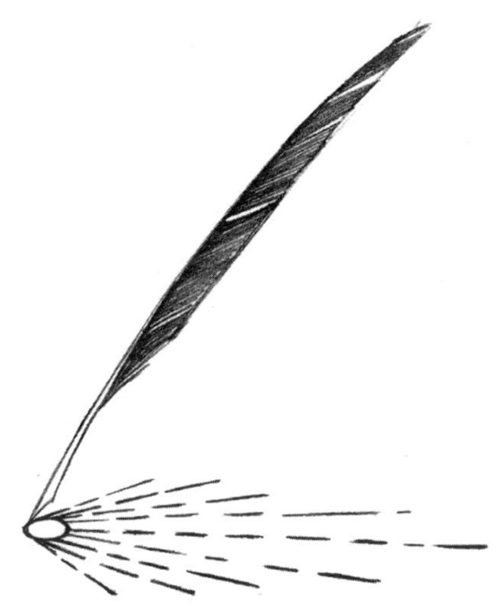

商務印書館

我将长久地受到人民的热爱，

因为我在残酷的时代将自由歌颂，

因为我用竖琴唤起善良的情感，

我呼吁对逝者的宽容。

А.С. Пушкин

皇村中学 1830 年

目录

演出前后

普希金的手绘画

演出剧照

写在前面

2017年2月10日晚，在普希金逝世180周年的纪念日，一台题为“致普希金”的诗歌音乐晚会在上海东方艺术中心上演。这台晚会由刘文飞编撰脚本并提供译诗，由姜江制作并编导，著名演员濮存昕、姚锡娟、达式常、肖雄、严晓频、王耀庆等先后登台朗诵普希金的诗作，俄国著名钢琴家安德烈·皮萨列夫演奏了柴可夫斯基和拉赫玛尼诺夫的钢琴曲，晚会诗意浓郁，观众情绪热烈。在演出的最后，千余名观众与台上演员共同朗诵《假如生活欺骗了你》，之后还有观众涌到台前，久久不愿离去。在之后一年多的时间里，《致普希金》晚会又先后在广州、中山等地演出，并于2018年2月10日再次在上海东方艺术中心上演，依旧是浓浓的诗意，依旧有热烈的反响。

为了铭记那些难忘的瞬间，我们决定把这台晚会“纸质化”。这里有晚会的演出脚本和演出剧照，也收入了晚会编创人员在演出前后写作的文章、接受的采访。我们希望用这本小书来固定我们的致敬，聚拢我们的感受。

刘文飞
2018年5月8日

演 出 脚 本

180 年前的今天，也就是 1837 年的 2 月 10 日，俄国诗人亚历山大·普希金在彼得堡去世。在彼得堡莫伊卡滨河街 12 号普希金寓所的书房里，决斗中身负重伤的诗人躺在他钟爱的长沙发上，在两天的痛苦煎熬之后，于 2 月 10 日下午 2 点 45 分告别了这个世界。彼得堡和上海两地间的时差是 5 小时，也就是说，普希金离开我们的时间恰好就是 180 年前的此时此刻，北京时间的晚 7 点 45 分！

在普希金一生最后几个月的诗作中，死亡和宿命的主题逐渐变得突出了，诗人似乎对自己的悲剧命运有着某种预感，并提前做出了某种自我警示。下面这首《我并不厌倦生活》就是普希金最后的诗作之一，在诗人近乎直白的吁求中，我们能感觉到他对生活和诗歌深深的眷念。

哦不，我并不厌倦生活，
我爱人生，我要人生，
虽然失去了自己的青春，
可是心灵尚未完全变冷。
我还保持着幸福的感受，
为了我的好奇心，
为了可爱的想象梦，
为了所有、所有的感情。

1799 年 6 月 6 日，亚历山大 · 普希金出生在莫斯科一位贵族知识分子家庭。这位身上流淌着八分之一非洲人血液的混血儿，这位性格既内向又暴躁、既腼腆又淘气的男孩，在家中似乎并不受宠。于是，他便更多地藏身于父亲的图书室，随意翻阅那些大多为法文的藏书。他在 7 岁时便开始写诗，最初的诗作多用法文写成。1811 年，12 岁的普希金被送进设在俄国皇宫里的贵族子弟中学——皇村学校，相比其他课程，普希金对读诗和写诗显然更感兴趣。1815 年 1 月 8 日，皇村学校举行升级考试，主考官由大臣、主教、元帅和校长等担任，其中就有当时俄国的诗坛泰斗杰尔查文。在语文课考试中，之前已被公认为“诗人”的普希金走上前去，声情并茂地朗诵了他的这首《皇村的回忆》。现场的人都被这首诗所打动，老诗人杰尔查文更是激动得老泪纵横，他当众说道：“这孩子就是杰尔查文的接班人！”在考试结束后由教育大臣举行的庆功宴上，杰尔查文对作为优秀考生家长代表出席宴会的普希金的父亲说：“让您的孩子做个诗人吧！”

皇村的回忆

忧郁的夜的帷幕
挂上惺忪的天穹；
山谷和树林在寂静中安睡，
远方的森林披着白雾，
隐约听见小溪流进林中的浓荫，
隐约闻到叶片上的微风在呼吸，
静静的月亮，像庄重的天鹅，
在银色的云朵中游弋。

它在游弋，向周围的一切
洒下淡淡的月光；
眼前敞开了老椴树的林荫道，
它看了看山冈和牧场；
我看见，年轻的柳树和杨树
一起倒映在荡漾的水面上；
原野中的女皇是高傲的百合，
它的繁花正在开放。

像一道碎珠般的河流，
瀑布跌下嶙峋的山冈，
在静静的湖中，女神们在嬉闹，
撩起湖上慵倦的波浪；
寂静中矗立着巨大的宫殿，
圆柱高耸，直插云霄，
人间诸神就在此安度宁静的时光？
这就是俄国智慧女神的神庙？

这美丽的皇村花园
莫非就是北方的天堂？
强大的俄国雄鹰战胜狮子，
就头枕着这片和平与欢畅？
唉！金色的时代已永远逝去，
当年，依靠伟大夫人的权杖，
幸福的俄罗斯戴上了荣耀，
在一片祥和中蒸蒸日上！

在这里每走一步，心中
都会涌起往昔的回忆；
环顾四周，一个俄国人会叹息：
“一切都已消逝，女皇大帝已经故去！”
然后默默坐在生机勃勃的湖岸，
他陷入深思，倾听风的絮语。
逝去的岁月在他眼前浮现，
精神置身于静静的惊喜。

他看见，在波涛之间，
在满是苔藓的坚石上，
升起一座纪念碑。一只年轻的鹰
立在碑顶，伸展着翅膀。
沉重的锁链和雷电的箭头，
将威严的圆柱缠绕三道；
白色的波浪在碑座下喧嚣，
然后躲进闪亮的泡沫。

在忧郁的松树林里
立起一座朴素的纪念碑。
啊，对于土耳其它是耻辱！
对亲爱的祖国它却是荣耀！
啊，俄罗斯巨人，你们永垂不朽，
你们在战争的磨难中锻炼成长！
啊，你们，叶卡捷琳娜的近臣朋友，
你们的功绩将被世代颂扬。

啊，轰鸣的战争岁月，
俄罗斯荣光的见证人！
你看到，奥尔洛夫、鲁缅采夫和苏沃洛夫，
这些斯拉夫人的威严子孙，
凭借宙斯的雷霆取得胜利；
他们勇敢的功绩让世界震惊；
杰尔查文和彼得罗夫拨动响亮的竖琴，

你这难忘的时代已经逝去！
一个新世纪很快又看见
一场场新搏杀，一次次可怕的战争；
受难，便是凡人的命运。
那个靠狡诈和大胆登基的皇帝，
用狂暴的手举起血腥的剑；
人类的灾星升空了，可怕的霞光
很快又映红新的战争。

像一股湍急的水流，
敌人闯进俄国的土地。
在他们面前，忧郁的草原在梦中沉睡。
大地腾起血腥的气息；
和平的村庄和城堡在黑暗中燃烧，
四周的天空被熊熊火光映透，
茂密的森林掩护逃难的人群，
闲在地里的犁铧正在生锈。

敌人在前进，没有阻挡，
一切都在倾塌，化为灰烬，
战神那些战死的子孙像苍白的幽影，
集结成飘忽不定的大军，
接连不断地步入阴暗的坟墓，
或者游荡在静夜时分的森林……
但喊声响起！……他们走在雾的远方！
盔甲和刀剑叮当有声！……

恐惧吧，你这异国的军队！
俄罗斯的子孙在向前；
老人少年挺身而起，扑向强敌，
他们心中燃着复仇的烈焰。
发抖吧，暴君！你的末日已近！
你会发现每个战士都是好汉，
他们发誓要么取胜，要么横卧沙场，
为了信仰，为了沙皇。

剽悍的战马等待战斗，
山谷中已经布满士兵，
洪流般的队列，人们渴望复仇和荣光，
一阵狂喜掠过他们的胸膛。
他们扑向可怕的宴席，用刀剑寻找猎物，
搏战开始；雷霆在山冈震响，
紧张的空气中，流矢与刀剑共鸣，
鲜血溅洒在盾牌上。

双方在拼杀，俄国人胜利啦！
傲慢的高卢人向后逃跑；
但天上的主宰将最后一道光芒
赐给了这战争的强者。
白发的统帅没能在此把他打垮；
啊，鲍罗金诺血染的原野！
你未能将敌人的狂暴和傲慢阻挡！
唉！高卢人爬上了克里姆林宫城墙！……

莫斯科啊，亲爱的故乡，
沐浴烂漫年华的霞光，
我在这里度过无忧的金色岁月，
不知灾难，也没有忧伤，
你竟目睹了他们，我祖国的敌人！
你竟被鲜血浸透，被大火烧焦！
我却不能为你复仇而战死疆场；
徒有怒火在胸中燃烧！……

百顶的莫斯科啊，我的故乡，
你的美景如今在哪里？
昔日的都城到处是壮丽辉煌，
如今只剩下一片片废墟；
莫斯科，你凄凉的景象让俄国人恐惧！
消失了，皇家的宫殿和贵族的府邸，
大火焚毁一切。高塔的金顶黯然失色，
富人的住宅被夷为平地。

那曾经充满豪华的处所，
那座座花园和浓密的树林，
在那香桃芬芳、椴树摇曳的地方，
如今只有焦土和灰烬。
美妙的夏夜那无声的寂静里，
再也听不到欢快的笑声，
岸边的灯火和明净的树林不再闪亮：
一片死亡，一片沉寂。

请你放心，俄罗斯诸城的母亲，
请你看看入侵者的灭亡。
造物主伸出他复仇的右手，
扼住了他们傲慢的颈项。
你看：他们在逃，不敢回头张望，
他们的血在雪地上河一样流淌；
他们在逃，身后是俄国人的刀剑，
黑夜中他们将遭遇饥饿和死亡。

啊，你们，使欧洲各大民族
都感到战栗的你们，
啊，高卢强盗！你们也进了坟墓。
啊，恐惧！啊，可怕的岁月！
你藐视真理的声音、信仰和法律，
你妄想用刀剑颠覆各国的王位，
你这幸运和战神的宠儿如今在哪里？
消失了，像清晨的噩梦！

俄国人攻占巴黎！复仇的火炬在哪里？
高卢啊，快低下你的头颅。
我看见了什么？面带和解的微笑，
英雄把金色的橄榄枝捧出。
战斗的雷霆还在远方轰鸣，
像北方阴霾的草原，莫斯科一片凄凉，
可是他没有把死亡带给敌人，
而给大地送去祥和与解放。

叶卡捷琳娜的无愧子孙！
我的心里为何没有狂喜，
像天上的缪斯，像我们的歌手，
像斯拉夫军团的诗人？
哦，如果阿波罗能把神奇的天赋
注入我的胸膛！我将把你颂扬，
用竖琴奏响天上的和谐，
在时间的黑暗中发出光芒。

啊，充满灵感的俄国歌手，
你曾颂扬威武的大军，
在朋友中间，怀着火热的灵魂，
请再拨动金色的竖琴！
再用和谐的声音把英雄赞美，
激动的琴弦把火焰撒进心头，
年轻的军人倾听这战斗的歌手，
他热血沸腾，浑身在不停地颤抖。

1817年6月，18岁的普希金从皇村学校毕业，成为俄国外交部的一名十品文官，但他无心公务，整日游走于彼得堡的剧院、舞会、沙龙和酒馆，过起当时多数俄国都市贵族青年所热衷的放浪生活。但普希金毕竟是普希金，是作为一名杰出诗人的普希金，他在放浪之余不忘写诗，他在诗中既表达偶然的欲望也歌颂真诚的爱情，既讽喻都市的生活也描绘乡村的自然，而自由更是他最主要的创作主题之一。在1812年抗击拿破仑的卫国战争取得胜利之后，俄国人民欢欣鼓舞，觉得即将迎来一个国家昌盛、生活自由的新时期。然而，号称“欧洲解放者”的俄国沙皇亚历山大一世却反而在俄国国内实施了一系列旨在强化专制体制的措施，引起社会各阶层的普遍不满，许多贵族知识分子因而感叹：“我们解放了整个欧洲，唯独把镣铐留给了自己。”深受法国启蒙思想熏陶的普希金，也像他那个时代的进步知识分子一样，为俄国的命运担忧，写下一组呼唤自由的抒情诗，其中以《自由颂》和《致恰达耶夫》最为著名。在当时的彼得堡和莫斯科，普希金的这些诗作脍炙人口，广为流传，以致普希金自己后来甚至抱怨说：“他们把所有大胆的话语和具有反抗精神的作品全都算到了我的头上！”这些“自由诗作”最终激怒了沙皇和官方，普希金因此于1820年被流放到俄国的南方。

自由颂

去吧，快躲开我的眼睛，
西色拉岛软弱的王后！
你在哪里，诸王的雷霆，
高傲的自由的歌手？
来吧，快摘去我的桂冠，
摔碎我温柔的竖琴……
我想对世界歌唱自由，
我要痛斥王位上的罪行。

请为我指明那位高卢人
崇高而辉煌的足迹，
你使他唱出勇敢的颂歌，
面对那些光荣的灾难。
轻浮命运的宠儿们，
世间的暴君！颤抖吧！
而你们，匍匐的奴隶，
倾听吧，大胆挺起身板！

唉！无论我向哪里看去，
到处都是皮鞭，是镣铐，
是法律致命的耻辱，
是奴隶羸弱的泪水；
到处是不公的权力，
在偏见的浓密暗影，
登基的是可怕的奴役天赋，
是沽名钓誉的不祥激情。

要想让统治者的头上
不再悬着人民的痛苦，
只有让强大的法律
紧密抱合神圣的自由；
让法律的厚盾保护众人，
让公民们忠诚的手
紧握利剑，一视同仁，
在平等的脑袋上方挥过，

高出众人之上的罪恶，
将被正义的一击斩首；
当公民的手未被收买，
不为贪婪和恐惧所动。
统治者！是法律而非上天
赋予你们王冠和宝座；
你们凌驾人民之上，
但永恒的法律高于你们。

不幸，人民的不幸，
如果法律粗心地瞌睡，
如果人民或者皇帝
全都可以左右法律！
我要请你来做证，
哦，光荣错误的牺牲品，
在不久前的风暴里，
你因为祖先丢了性命。

在无言的后代眼前，
路易王走向死亡，
把卸下王冠的头颅
放在血腥的断头台上。
法律沉默，人民沉默，
罪恶的斧头落下……
于是，被缚的高卢人
全都套上了凶手的紫袍。

你这狂妄的凶手啊！
我憎恨你和你的王位，
我带着残忍的欢喜，
目睹你和你儿女的灭亡。
人们在你的前额
能读到人民的诅咒，
世界的恐惧，自然的耻辱，
你是对人间之神的亵渎。

当一颗夜半的星辰
照耀幽暗的涅瓦河，
当一场静静的梦魇
压迫无忧无虑的头颅，
沉思的歌手正在凝视
早已废弃的皇宫，
这暴君的荒芜纪念碑，
恐怖地安睡在雾中，

在那可怕的宫墙后，
他听见历史女神的可怕声音，
他眼前生动地浮现出
罗马皇帝的最后时辰，
他看到，挂着绶带和勋章，
灌满烈酒和恶意，
诡秘的凶手在行走，
脸露凶色，心怀恐惧。

不忠的卫兵沉默不语，
高悬的吊桥静静落下，
被收买的叛变之手，
在黑夜把大门打开……
啊，耻辱！我们时代的暴行！
野兽般的御林兵一拥而进！……
不光彩的打击突然降临……
戴皇冠的凶手死于非命。

牢记教训吧，哦，帝王们：
无论惩罚还是奖赏，
无论血牢还是神坛，
都不是你们的忠实屏障。
请在法律的可靠浓荫下，
首先低垂你们的头颅，
人民的自由和安宁，
才是王座永远的守护。

致恰达耶夫

爱情，希望，平静的荣光，
欺骗并未长久地把我们爱抚，
青春的欢乐也已消失，
像梦，像清晨的雾；
我们心中却燃烧着愿望，
背着不祥政权的重负，
怀着迫不及待的心灵，
我们在倾听祖国的招呼。
我们忍受希望的折磨，
等候着神圣的自由时光，
像年轻的恋人在等候
来赴约会的忠诚姑娘。
趁我们胸中还燃烧着自由，
趁献身荣誉的心尚未死亡，

让我们把心灵的美好激情，
我的朋友，给祖国献上！
同志，请相信：迷人的幸福
将像星星一样升起，
俄罗斯将从睡梦中苏醒，
在专制制度的废墟上，
将刻上我们的姓名！

囚 徒

我坐在潮湿牢房的铁栅旁。
年轻的鹰，在监禁中被喂养，
我忧郁的同伴啊，它正在窗下
啄着带血的食物，拍打翅膀，

它啄着，扔着，望着窗户，
好像与我想着同样的心事。
它用目光和鸣叫把我呼唤，
它想说："我们一起飞去！

"我们是自由的鸟；是时候了，兄弟！
飞去天边白雪皑皑的山冈，
飞去闪耀着蔚蓝的海洋，
飞去只有风……和我散步的地方！……"

1820—1824 年间，普希金被沙皇流放到俄国南方，于是诗人被放逐的生活及对自由的渴求成了南方流放时期的诗歌创作主题。在基什尼奥夫，尽管负责看管普希金的南俄总督英佐夫将军对诗人多有关照，但普希金仍时常感觉自己是变相的流放犯和囚徒。1822 年 3 月，普希金因一次斗殴事件被英佐夫象征性地囚禁于将军的府邸，窗外恰好有一只将军喂养的鹰，这只被铁链拴住的鹰激起了普希金的灵感。因为两个自由的生命都失去了自由飞翔的可能，普希金感同身受，于是写下了《囚徒》一诗。在南方流放期间，普希金第一次看到大海，大海从此成为他诗中的重要主题之一。1824 年结束南方的流放时，普希金写下了著名的《致大海》。这首诗热情澎湃，节奏短促有力，众多的分段就像一道道波浪，汹涌不息。这是普希金与大海的深情道别，也是他对作为“自由的元素”的大海的崇高礼赞。

致大海

别了，自由的元素！
在我的面前，最后一次，
你翻滚起蓝色的波涛，
你闪现着高傲的美丽。

像是友人哀伤的怨诉，
像是他分手时的呼叫，
最后一次，我又听到
你忧郁的召唤和咆哮。

我的心灵向往的疆界！
静静的而又朦胧的我，
时常徘徊在你的岸边，
因隐秘的企图而愁苦！

我多么爱你的回声，
爱你低沉的深渊之音，
我爱你傍晚的宁静，
也爱你任性的激情！

渔人们恭顺的船帆，
为你的意志所护佑，
勇敢地在细浪上滑过；
不屈服的你一旦发怒，
成群的航船就会沉没。

我没能永久地离开
这枯燥死寂的海岸，
没能用喜悦向你祝贺，
没能让我诗歌的逃亡
踏上你的波峰浪谷！

你等待你呼唤……我却被束缚；
我心灵的挣脱也枉然：
为强烈的激情所诱惑，
我于是停留在了海岸……

有什么可惋惜呢？
我无忧的路如今通向何方？
你的荒原中只有一个去处，
能让我的心灵感受震荡。

一座悬崖，荣光的坟墓……
在那里，崇高的回忆
纷纷沉入凄冷的梦境：
拿破仑在那里逝去。

在那里，他在痛苦中死去。
随他而去，像风暴的呼声，
另一位天才也离开我们，
我们思想的又一位主人拜伦。

他去了，自由在哭泣，
他把桂冠留给了地球。
咆哮吧，在风暴中汹涌：
大海啊，他是你的歌手。

你的形象显现在他身上，
他由你的精神所创造：
像你，他强大、深沉、忧郁，
像你，什么都无法将他击倒。

世界空了……海洋啊，
如今你要把我带向何方？
人间的命运到处一样：
有一星利益，就有占有，
无论开明的人还是君王。

别了，大海！我不会
忘记你庄严的美丽，
我将久久、久久地倾听
傍晚时分你的絮语。

我的心中充满着你，
我要将你的涛声和暗影，
你的悬崖和海湾，
带向无声的荒原和森林。

在西伯利亚矿井深处

在西伯利亚矿井深处，
请你们保持高傲的忍耐，
你们崇高的思想追求
和屈辱的劳役不会泯灭。

希望藏在黑暗的地下，
她是不幸的忠诚姐妹，
她将唤起振奋和欢乐，
渴望的时辰将要来临：

爱情和友谊将抵达你们，
穿过道道阴暗的闸门，
就像我这自由的声音，
抵达你们苦役的洞穴。

沉重的镣铐将会跌落，
牢房将会倾塌，自由
在出口喜悦地迎接你们，
兄弟们将把利剑递在你们手中。

1825年的俄国十二月党人起义之后，普希金被沙皇传唤至皇宫。刚刚登基的沙皇尼古拉一世亲自审问普希金，他问普希金当时如果在彼得堡是否会参加起义，普希金毫无惧色地回答："我会站到叛乱者的行列里的。"据说这个仗义的回答让沙皇感到很满意，于是宣布解除对普希金的监禁，但普希金之后的新作必须提交沙皇本人审查。普希金获得了表面的自由，却感受到了专制政体越来越强大的压力。他之后创作的现实批评性的确有所减弱，但《在西伯利亚矿井深处》一诗表明，他仍始终坚持自己的理想信念以及对思想朋友的深情厚谊。

格鲁吉亚的山冈上

格鲁吉亚的山冈上笼罩着黑夜，
阿拉格维河在我面前流淌。
我的心里又是沉重又是轻松，
我的悲伤透着亮光：
我的悲伤里充满着你，
你，仅仅是你……没有什么
能搅乱我的惆怅。
心又燃烧起来了……
因为心不能不爱。

我徘徊在喧闹的街道

我徘徊在喧闹的街道,
我走进拥挤的教堂,
我置身于疯狂的少年群中,
我都会沉溺于自己的幻想。

我说:光阴飞快,
不管我们此地有多少人,
我们都得走进命运之门——
有些人的大限已经临近。

我看着孤独的橡树,
我想:树的长老
会活过我的平淡的一生,
就像他活过了我父辈的一世。

当我抚爱一个可爱的婴孩,
我已经在想:别了!
我给你腾出地方:
我要腐朽,你要茁长。

每一天，每一年，
我习惯于用沉思打发时光，
我尽力猜测，
何时是我未来的忌辰。

命运将在何处派给我死神？
是在战斗中，是在旅途中，
是在波涛中？
或是在旁边的山谷
将接纳我冰冷的尸骨？

尽管无知觉的尸体
到处都一样腐烂，
但我还想安眠在
靠近故乡的地方。
但愿在坟墓入口处，
青春生命活跃，
但愿冷静的大自然，
永远闪耀美丽。

1824 年 8 月 9 日，一辆敖德萨制造的马车经过十多天的长途跋涉，最终把普希金从俄国南方送进位于俄国西北部普斯科夫省的米哈伊洛夫斯科耶村，这里是普希金母亲家族的世袭庄园，普希金在这里开始了他为期两年多的北方流放生活。在这里，普希金或许会时常忆起他早年的诗作，比如《一朵小花》和《理智与爱情》。与喧闹的都市和灿烂的南方相比，北国的乡间生活是孤苦伶仃的，家人全都离他而去，只有奶娘和家仆陪伴他。他只好每日骑马喝酒，前往邻近的三山村串门，与女主人奥西波娃和她的几位女儿谈天说地。但是，普希金最上心的事情无疑还是诗歌和写作。他在这一时期留下了包括悲剧《鲍里斯·戈都诺夫》在内的大量优秀作品。在他这一时期的抒情诗中，有几首写给女性的诗作最负盛名，比如《致凯恩》。在三山村，普希金与他在彼得堡时的旧相识凯恩太太重逢，早就暗恋凯恩的普希金邀约凯恩来米哈伊洛夫斯科耶庄园做客，两人在林中的小径上散步、交谈，在凯恩动身返回彼得堡时，赶来送行的普希金把一首诗夹在书中送给她，这便是被誉为俄国文学史上最伟大情歌的《致凯恩》。普希金晚年的两首爱情诗《假如生活欺骗了你》和《我曾经爱过您》则表明，爱情的歌手普希金已在其爱的旋律中加入了坦然和超脱，大度和宽容。

一朵小花

我发现书页间一朵枯花，
它被遗忘，已无芳香；
我的心里顿时充满
一阵奇异的幻想：

它开在何处？哪个春天？
它开了很久？为谁所采？
采花的手陌生还是熟悉？
为何又被夹进书页？

是温情约会的纪念，
是不祥分离的信物？
是怀念田野和密林里
孤身一人的漫步？

他是否活着，她是否健在？
如今他俩安身何处？
或许他俩都已凋零，
像这无人知晓的花朵？

理智与爱情

少年牧神在追逐牧女，
他在喊：“美人啊，你停一停！
你说你爱我，我就不再追逐，
我以爱神维纳斯发誓！”
理智说：“别理他，别理他！”
爱神却说：“对他说，你真可爱！”

“你真可爱！”牧女重复了一句，
他俩的心中燃起了爱情，
少年牧神跪在美人的脚下，
牧女也垂下多情的眼睛。
理智说：“快跑开，快跑开！”
爱神却说：“请留下来！”

她留下了，幸福的牧童
颤抖着握住她的手。
他说："你看椴树的浓荫里，
一对鸽子在相互拥抱！"
理智反复地说："赶快跑开！"
爱神却说："学鸽子拥抱！"

一个温情的微笑，
掠过美人滚烫的双唇，
她倒进情郎的怀抱，
眼含如水的柔情，
爱神说："祝你幸福！"
理智呢？理智已鸦雀无声。

致凯恩

我记得那神奇的瞬间：
在我的面前出现了你，
就像昙花一现的幻象，
就像纯洁之美的精灵。

在无望忧愁的折磨中，
在喧闹生活的纷扰里，
温柔的声音久久对我回响，
可爱的脸庞浮现在梦境。

岁月飞逝。骚动的风暴，
吹散了往日的幻想，
我淡忘了你温柔的声音，
和你那天仙般的脸庞。

幽居中，置身囚禁的黑暗，
我的岁月在静静地延续，
没有神灵，没有灵感，
没有眼泪、生活和爱情。

觉醒又降临在心上：
我的面前又出现了你，
就像昙花一现的幻象，
就像纯洁之美的精灵。

心儿在狂喜中跳荡，
一切又都为它而复生，
有了神灵，有了灵感，
有了眼泪、生活和爱情。

假如生活欺骗了你

假如生活欺骗了你，
不要悲伤，不要生气！
熬过这忧伤的一天：
请相信，欢乐的日子终会来临。

心儿生活在未来；
现实却显得苍白：
一切皆短暂，都将过去；
过去的一切都会变得可爱。

我曾经爱过您

我曾经爱过您：这爱情也许
尚未完全在我心中止息；
但是别让这爱情再把您惊扰；
我不愿有什么再让您忧郁。
我曾经爱过您，默默地，无望地，
时而苦于胆怯，时而苦于妒忌；
我曾经爱过您，那样真诚温存，
上帝保佑别人也能这样爱您。

在普希金的“北方流放”时期，终日陪伴他的是他幼年时的奶娘阿丽娜·罗季昂诺夫娜。在《冬天的晚上》一诗中，普希金描绘出一幅与自己年迈的奶娘在风雪之夜相守、对饮的温情场景。奶娘的纺车声和她讲述的童话温暖了房间，与屋外的风雪形成强烈的对比。如果说普希金当年所处的大环境是一片冷酷，那么，奶娘所在的小木屋则为他撑起一方温暖的欢乐。

冬天的早晨

严寒和阳光；美妙的一天！
你还在睡觉，迷人的朋友，
美人啊，你快醒来吧；
睁开被温柔锁住的眼睛，
迎向北方的曙光女神，
请你成为北国的星辰！

你是否记得昨夜的风雪，
黑暗充斥混沌的天幕；
月亮像苍白的斑点，
从云间露出黄色的面目，
你忧伤地坐在那里，
而此刻…… 请你望望窗户：

在蔚蓝的天幕下，
静卧的积雪反射太阳，
就像张张华丽的地毯；

透明的森林泛着黑光，
枞树在银霜间挤出翠绿，
冰封的溪流闪闪发亮。

琥珀般的光芒映亮房间。
屋里的火炉熊熊燃烧，
发出欢快的声响。
在热炕边思想真是欢畅。
你可知道：是否该让人
将那匹栗色母马套上？

滑过清晨的积雪，
亲爱的朋友，我们要让
这从容的马儿飞奔，
去造访空旷的田地，
刚刚落叶的森林，
还有我亲爱的河堤。

冬天的晚上

暴风雪遮蔽天空，
卷起雪花的旋风；
时而像野兽嗥叫，
时而像孩子痛哭，
时而掠过破旧的屋顶，
突然吹得稻草直响，
时而像迟归的旅人，
轻叩我们的小窗。

我们衰败的小屋，
阴暗而又凄凉。
我的老妈妈啊，
你为何靠在窗旁？
我的朋友，你是
听累了风雪的呼号，
还是伴着纺锤的响声，
在浅浅地睡觉？

我们喝一杯吧，
我可怜青春的好伙伴，
喝杯苦酒；酒杯在哪儿？
酒后才能心欢。
给我唱支歌吧，唱云雀
静静住在大海那边；
给我唱支歌吧，唱姑娘
清晨起床去取水。

暴风雪遮蔽天空，
卷起雪花的旋风；
时而像野兽嗥叫，
时而像孩子痛哭。
我们喝一杯吧，
我可怜青春的好伙伴，
喝杯苦酒；酒杯在哪儿？
酒后才能心欢。

致奶妈

我的严酷岁月里的伴侣，
我的老态龙钟的亲人！
你独自在偏僻的松林深处
久久，久久地等着我的来临。
你在自己的堂屋的窗下，
像守卫的岗哨，暗自伤心，
在那满是褶皱的手里，
你不时地停下你的织针。
你朝那遗忘的门口，
望着黑暗而遥远的旅程：
预感，惦念，无限的忧愁
时刻压迫着你的心胸。
你仿佛觉得……

普希金是自由的歌手，是爱情和友谊的歌手，同时也是俄罗斯民族生活的再现者、俄罗斯大自然的画师。普希金的一生虽然充满波折和不幸，可他的诗歌和个性却充满阳光般的色调。他的创作标志着俄罗斯民族文学的强大崛起，是俄罗斯文化金色的收获，而收获的季节——秋天，也是普希金最为钟爱的季节。

秋天

一

十月已来临，树林已从
赤裸的树枝摇落最后的枯叶；
秋的寒意拂来，道路冰封。
小溪还在磨坊后潺潺流动，
池塘却已冻住；我的邻居
忙着赶去打猎，乘车出行，
疯狂的娱乐蹂躏着秋播地，
狗的吠声惊醒沉睡的密林。

二

这是我的季节：我不爱春天；
我讨厌解冻；到处是泥泞臭气，
春天我会生病；血液在奔涌；
忧愁锁住情感；严冬更让我满意，
我爱冬天的雪；当月亮升起，
载着女友的雪橇多么迅捷自由，
貂皮下的她，脸颊鲜艳绯红，
她燃烧着，颤抖着，紧握您的手！

三

多么欢乐，穿起锋利的冰刀，
在河上镜子般的冰面滑行！
而冬天节日那些灿烂的焦虑呢？……
但要适可而止；半年里降雪不停，
就连黑熊，这洞穴的居民，
最终也会厌倦。我们也不能
总与年轻的阿米达们共乘雪橇，
或在双层玻璃窗后的火炉旁烦闷。

四

啊，美丽的夏天！我也会爱你，
如果没有暑热、灰尘和蚊蝇。
你扼杀一切精神才能，折磨我们；
我们像田地，痛苦面对旱情；
仿佛只能畅饮，使自己清醒，
我们别无他想，只是在可怜冬婆娘，
我们用薄饼和美酒送走她，
又用冰激凌和冰块为她悼亡。

五

人们通常会诅咒晚秋的日子，
我却爱晚秋，亲爱的读者，
她谦逊地闪耀着静静的美丽。
像家中的孩子，不受宠爱，
却让我动心。坦白地告诉你们，
一年四季我只爱秋天，
秋天好处很多；作为老实的情郎，
我任性地幻想在秋季有所获取。

六

这一点如何解释呢？我喜欢她，
或许就像你们有时喜欢一位肺病姑娘。
可怜的姑娘，
她注定死去，却没有抱怨和愤懑。
枯萎的双唇含着微笑；
她看不见坟墓嘴巴大张；
脸上嬉戏着红晕的颜色。
她今天活着，明天死亡。

七

忧伤的季节！眼睛的陶醉！
我喜欢你道别的美丽，
我爱大自然豪华的凋零，
森林换上红色和金色的外衣，
林中是风的喧嚣和清新的气息，
天空覆盖着波浪般的阴霾，
有罕见的阳光，早来的寒冷，
有白发的冬天远处的威胁。

八

每个秋天我都会重新开放；
俄罗斯的寒冷有益我的健康；
我又会爱上生活的习惯：
饥饿相继出现，梦境相继飞翔；
血在心脏中欢快游戏，
愿望沸腾，我又幸福年轻，
充满活力，这就是我的肌体，
（请原谅我这不必要的散文体）。

九

有人为我牵来马；摆动鬃毛，
它载着骑手走向开阔的原野，
在它迸出火星的铁蹄下，
冰在纹裂，冻硬的山谷在响。
短暂的白日已逝，遗忘的炉中
又燃起火，时而闪出明亮的光，
时而慢慢阴燃，我在炉前阅读，
心中满怀悠远的思想。

十

我忘记世界，在甜蜜的寂静，
我甜蜜地沉睡于自己的想象，
诗歌在我的心中醒来：
抒情的激动充满心房，
心在颤抖，在响，像在梦中，
它在寻求最终的自由释放，
一群无形的客人向我走来，
早年的熟人，我结晶的幻想。

十一

思绪在脑中大胆地汹涌，
轻盈的韵律迎着它们飞跑，
手在找笔，笔在找纸，
一瞬间，诗句便自由地流淌。
像静止的船睡在静止的水面，
但是听！水手们突然开始奔忙，
爬上爬下，扯起的帆鼓满了风；
巨大的船动了，劈波斩浪。

十二

它在漂浮。我们在漂向何方？……

普希金的诗体小说《叶甫盖尼·奥涅金》诞生于19世纪20年代，是俄国第一部现实主义小说。它是作者顽强地思索着社会政治现实问题的结果。从这时起，俄国文学开始了本质上的转变，走上了普希金开创的现实主义道路，也走上了世界文学的先进行列。

奥涅金这一代俄国的“十九世纪青年”有几种类型：

最先进的是“十二月党人”，这批贵族青年知识分子充满浪漫主义情怀，他们不满沙皇的黑暗统治，思考社会的改革问题，曾发动起义，但因脱离实际，脱离人民，最终失败了。

而奥涅金属于那个时代有教养又找不到出路的贵族青年。他虚荣心极重，又特别自负；过着纨绔子弟的生活，但又感到厌倦；对人生抱着冷淡的怀疑主义的态度，最终随波逐流，玩世不恭，无所事事，虚度一生，成了世间“多余的人”。普希金第一个发现了这种“十九世纪青年”的典型，第一个提出了“多余人”的问题。

同时，普希金在这篇长诗里，也塑造了俄罗斯文学中第一个完美而典型的俄罗斯女性形象——塔吉亚娜。她被誉为“俄罗斯的灵魂”。

年轻的贵族青年叶甫盖尼·奥涅金随好友连斯基来到乡村，偶遇当地一破落贵族家的女孩塔吉亚娜。情窦初开的塔吉亚娜被奥涅金吸引，写信袒露了自己的感情，却遭奥涅金冷淡的拒绝，还被奥涅金教训了一顿。数年后，塔吉亚娜尊母亲之命，无奈地嫁给了彼得堡一位受沙皇宠幸的老将军，成了公爵夫人和社交界的明星。游历欧洲的奥涅金回到彼得堡，为塔吉亚娜的高贵、美艳所折服，开始追求她，给她写信，倾诉衷肠，却没有得到回答。这一天，备受煎熬的奥涅金偷偷闯进塔吉亚娜的府邸，跪倒在她面前……

叶甫盖尼·奥涅金（节选）

三十

毫没有疑问：唉，这一回
欧根和稚子一样，爱得发狂，
整日整夜，只有塔吉亚娜
占住了心，令他郁郁地向往。
理智的谴责他毫不理会，
她那门口和明亮的前厅
成了他每天必到的地方。
像个影子，他把她跟定；
他会很快乐，只要有机会
给她披上毛皮的披肩；
或者他那炽热的手，偶尔
碰到她的手；或者走在前面
替她把一群仆役挥开；
或者给她拾起了手帕。

三十一

呵，尽管他怎样鞠躬尽瘁，
她却从来也不注意他：
她应付自如，当着客人，
看他来了，说上两三句话；
有时候欠欠身，表示欢迎；
有时候简直睬也不睬。
她一点也没有卖弄风情——
自然，上流社会得讲究正派。
奥涅金开始憔悴，苍白，
而她呢，不知是毫不同情
还是没有觉察。人们恐怕
他也许就要染上痨病，
他们把他送到医生那里，
医生都劝他到温泉休息。

三十二

但他没有去，他早就准备
和他的祖先赶快团圆。
塔吉亚娜仍旧无动于衷
（您知道，女人就是这般）。
而他也固执地不肯罢手，
仍旧怀着希望，照样殷勤。
呵，真是比健康的人还大胆，
他以病弱的手，给公爵夫人
终于写了一封热情的信。
虽然，他知道，书信并没有
什么功效，然而内心的痛苦
已经使他再也不能承受。
这下面就是他的书信
一字不移，我来抄给您。

（奥涅金给塔吉亚娜的信）

我知道，这悲哀的内心的表白
一定会使您感到不快。
我能预见您那高傲的眼神
会露出怎样刺人的轻蔑！
真的，我还能希求什么？
我向您吐诉能有什么目标？
也许，这不过是自寻苦吃，
徒然惹来您的恶意的嘲笑！
我们过去偶然结识了，
我曾看到您的柔情的火花，
我踌躇，不敢过于相信：
我不愿意让自己心猿意马，
独身生活固然令人厌烦，
然而我还不肯把它放弃。
还有，连斯基的不幸的牺牲
也终于使我们各自东西……
于是，我心上珍贵的一切
都被我一一从心里割舍，
从此孑然一身，无所牵挂。
我想：我要以自由、淡泊，
代替幸福。可是，天！我错了，
我是受了怎样的煎熬！……

正相反：必须时刻看到您，
到处跟着您，寸步不离，
把您的笑靥、您的凝眸，
都一一收在我痴情的眼里，
必须不断聆听您的声音，
让灵魂渗透了您的完美，
必须受您的折磨，在您面前消殒：
呵，幸福地死……死也没有后悔！
我却没有那福分：为了您，
我随处奔波，胡乱度过；
时光在飞驰，我应该珍惜，
命运给我的限期已经不多，
但我的日子却无聊地逝去。
呵，岁月成了沉重的负担！
我知道：我的生命不会很久，
但假若可以延长它的期限，
必须是这样：每天早晨
我能知道下午就和您相见……

我恐怕：这一片卑微的陈词
也许，您会以严厉的眼色
看作是可鄙的欺骗、狡诈——
我或许要听到您的谴责。
呵，假若您知道，爱情的渴望
正在怎样地折磨着我：
烈焰在燃烧，必须以理性
时时去压制那血液的沸腾。
一方面，我渴望在您脚前
流着泪，抱住您的双膝，
向您吐诉一切：恳求、忏悔、埋怨，
一切和一切，倾泻无遗，
然而，另一方面，我又不得不
在神色和话声中装出冷淡，
望着您，眼里做出笑意，
若无其事地和您对谈！……

可是，随它去吧！至于我，
我已经无力和自己做对。
一切已经注定：我把自己
交给您，并且听从命运的支配。

三十三

信发出了，却没有回答。
他接着写了第二信，第三信，
也仍旧杳无音讯。有一次
他去到一个晚会，刚走进……
她正迎着他。呵，多么冷峻！
她的眼睛朝他望也不望，
更没有和他有半句寒暄。
嘿，她简直是冷若冰霜！
她那倔强的嘴唇正怎样
紧闭着一腔恼怒！奥涅金
注视着她，不由打着寒噤：
哪里有怜悯，哪里是烦乱？
泪痕在哪里？……一概俱无！
那脸上只有一丝愠怒……

三十四

是的。也许还隐藏一些忧虑：
假如丈夫或可畏的人言
竟然猜出她偶然的轻狂……
这一切，奥涅金都已看见……
还有什么希望！他跑开，
他诅咒自己内心的疯——
然而，仍旧深深往那里沉没，
他又和社会断绝了来往。
他把自己关在书房里，
不断地回想，想起那些时候：
他花天酒地，而残酷的忧郁
却常常跟在他的后头，
追逐他，忽地把他抓着，
并且把他关进阴暗的角落。

三十五

他又开始拿书来消遣，
不管是什么：吉本、卢梭，
孟佐尼、赫尔德、商弗尔，
史达尔夫人、毕夏、蒂索，
什么都好。有抱怀疑哲学的
培尔，也有方泰纳尔的著述，
还有我们俄国的一些作家，
他不加选择，看到就读。
年鉴也好，流行杂志也好。
提到杂志——我指的那本读物，
它常常把我们教训，就在最近，
我还被批评得体无完肤，
虽然它一度赞扬过我的文笔：
诸位，请看他写得多么出色！

三十六

可是怎么了？他的眼睛
看着书，脑子却在远方，
一些幻想、欲望和忧愁，
都在他心里深深激荡。
怎么，在书本的字里行间
他呆痴的，茫然的眼睛
却看到了另外一些字句，
这才是他深钻的一本经。
那是久已淹没在世俗中
心灵的秘史、古代的传奇，
是萍水相逢的一些春梦，
充满了要挟、预感和猜忌，
是生活的神话，荒诞不经，
是妙龄女郎给他的书信。

三十七

他读着，他的思想和情感
不由得渐渐迟钝、模糊，
幻想在他面前展开了
色彩缤纷的一幕幕情景。
他忽而看见：一个青年
静静地倒卧在雪地里，
像睡着了似的，而且听见人说：
怎么？打死了？已经咽了气！
他忽而看见那些忘却的
敌人、诽谤者、恶毒的懦夫，
还有那一群负心的莺燕，
和一群朋友，可鄙的庸俗。
他还看见乡间的一家：
她坐在窗前……呵，永远是她！

三十八

他整日地沉迷于幻想，
如醉如痴，简直要发狂，
或者更坏，几乎变成诗人，
（谢谢上帝，他倒没那么不幸！）
不知是怎样的一种魔力
吸住了他，我的这个门生
虽然当时头脑不太清楚，
却几乎把俄国的诗律搞通。
请看他坐在屋子的一角
孤独、沉郁，多么像诗人，
壁炉的火在熊熊地燃烧，
他对着它，哼着“幸福的少女”
或“我的偶像”，并且随意
把杂志或拖鞋投到火里。

三十九

日子一天天地飞逝了，
气候变暖，转眼过了严冬，
欧根没有死掉，也没有
成为诗人，或者发疯。
融和的春日使他复苏起来。
这一冬，他像个土拨鼠
蛰居过去了，那炉火，
那双层窗户紧闭的房屋，
他都一下子离开。那是个
晴朗的早晨，他坐着雪橇
沿着涅瓦河驶去。太阳
在蓝色的冰块上照耀，
街上的雪化了，满是泥泞。
呵，奥涅金这么快地奔跑

四十

要到哪里去？读者，您已经
猜到了吧？是的，一点不假：
我的这个倔性难改的怪人
正是去找她，找他的塔吉亚娜，
他来了，真像个幽灵，
门房里看不见有什么人，
他走进大厅，没有一处
碰到谁。再往前走，推开门：
呀，是什么使他突然惊呆？
他看见了谁？正是公爵夫人
脸色苍白，还没有梳妆，
独自坐着，读着一封书信。
她用一只手支着面颊，
眼泪像泉水似的流下。

四十一

呵，只要仓促地看上一眼，
谁能瞧不出她深沉的痛苦？
这一刻，在公爵夫人的身上，
谁还认不出以前的村姑——
那可怜的达妮亚？欧根
满腔的悔恨，跪在她脚前。
她全身颤抖，两眼注视着
匍匐的奥涅金，默默无言，
既不惊诧，也没有怨怒……
他那憔悴的失神的眼，
那恳求的样子，默默的责难，
她怎能看不见？在她心里
以前的梦想，逝去的种种，
重又唤醒了那单纯的少女。

四十二

她的眼睛一直看着他，
任他跪着，并不扶他起来；
她那冰冷无情的手
也不从他炽热的嘴唇拿开……
此刻，她的心里在想什么？……
沉默了很久，谁也没讲话。
终于，她对他轻轻地说：
“好了，奥涅金，起来吧。
现在，我应该坦白地向您
把一切说清。您可还记得
那一刻，仿佛是命运注定。
在花园里，在林荫路上
我恭恭敬敬听您的教言？
今天，也轮到我来说上一篇。

四十三

“那时候，我比现在年轻，
因此，也好像更为纯真，
我爱过您，可是怎么样？
您的心里有什么反应？
我看到的是什么？只有冷酷，
是不是？一个普通少女的爱情
对于您难道有什么新鲜？
那冷冷的眼神、那篇教训，
呵，上帝！就是现在想起了
我还不寒而栗……但我不想
怪罪您：对我那一刻的狂妄
您的行为是那么高贵，
您在我面前是那么正确：
我只有以整个的心感谢……

四十四

“那时候，呵，在那村野里，
那偏远的地方，没有莫斯科
这么繁华，您不爱我，是不是？
但现在，为什么您又追逐我？
为什么我又成了您的目标？
难道不是因为如今的我
成了上流社会的人物，
因为我现在富豪、显赫，
因为我丈夫有战功，受过伤，
得到宫廷特别的宠幸，
而我的荒唐、失足、将会
被所有的人们传为笑柄，
这样，也许就可以使您
在社会上，自炫为‘情圣’？

四十五

“我哭了……现在，如果您
还没有忘记您的达妮亚，
请认清吧：您以前那种
尖刻的斥责，冷酷的谈话，
如果让我选择，我会觉得
它远胜过这种凌人的热情，
胜过这些眼泪、这些书信！
那时候，对我的青春的幻梦
您至少还有一丝怜悯，
对我的幼稚也表示宽容……
可是现在！——是什么使您
跪在我脚前？多么不郑重！
以您高贵的情思，难道竟
屈从于这种浅浮的感情？

四十六

“对于我，奥涅金，这种豪华，
这种可厌的生活的浮夸，
这富贵场中对我的推崇，
这些晚会和这漂亮的家，
它们算得什么？这时，我宁愿
抛弃这场褴褛的化装表演，
这一切荣华、喧嚣和烟尘，
为了那一架书、那郊野的花园
和我们那乡间小小的住所，
我宁愿仍旧是那个地方：
奥涅金，我们在那里初次相见，
我愿意看到那荒凉的墓场。
那里，一个十字架，一片树荫
正在覆盖着我的奶娘……

四十七

“幸福消失了，但它曾经是
多么挨近！……而现在，我的命运
已经注定了。也许，这一切
来得太突然，我不够谨慎：
但年老的母亲流着泪
那么哀求我；而且，任何安排
对可怜的达妮亚有什么区别？
于是我结了婚。您应该——
我请求您——立刻离开我。
我知道您的为人，您一向
为人正直，自视很高。
我虽然爱您（又何必说谎？）
但我已经是属于别人，
我将要一世对他忠贞。”

四十八

她走开了。欧根站在那里
仿佛一声霹雳把他震呆。
在他心里，是怎样的情感的风暴，
怎样的思潮，怎样的悲哀！
然而，突然外面响起马铃的声音，
塔吉亚娜的丈夫随着进来。
就在这里，亲爱的读者，
这尴尬的一刻，我们要离开
我们的主人公，而且长久地……
永远地离开了。我们跟着他
在这世界上跋涉了一程；
已经够久了，现在终于到达
港口。来呵，让我们庆祝，欢呼：
可不是？早就应该打住！

四十九

噢，我的读者！无论你是谁，
无论朋友或仇敌，我愿意
现在，我们友好地分手。
再见吧。在这篇潦草的诗里
无论你想寻找的是什么，
无论是一些烦恼的回忆，
还是茶余酒后的消遣，
生动的画面，或俏皮的语句，
或者，甚至是文法的错误，
但愿你能找到（谢谢天！）
哪怕一点点：能让你冥想，
称快，帮助你消磨时间，
或者使杂志争论不休。
就这样吧：别了，我的朋友！

五十

别了！你，我同行的伴侣，
还有你，我理想的少女，
还有你，这本寄兴的小书，
我长期的习作。我们一起
体验了诗人灵感的源泉：
那人世的旋风给人的沉迷，
和那会心的友人的长谈。
呵，自从我在朦胧的梦里
初次看到了年轻的塔吉亚娜，
还有和她一起的：奥涅金，
多少天、多少天已经逝去了——
那时候，对着这魔幻的水晶
我还不能够清晰地看出
这篇即兴的小说的远景。

五十一

然而，那些听我朗诵过
最初几节诗的、早年的友人，
有的已经逝去，有的去到远方，
犹如萨迪所惋惜的情景。
《奥涅金》写完了，而他们
却已不在；还有可爱的“她”，
那个塔吉亚娜的原型……
呵，命运淘尽了多少浪沙！
这样的人有福了：假如他
早早离开了生命的华筵，
满满斟一杯酒，却不饮到底，
人生的故事，也不必读完，
要能突然分手，不动感情，
唉，一如我和你，我的奥涅金。

此选段为查良铮先生译文，特此感谢。

曾几何时：我们青春的节日……

曾几何时：我们青春的节日
灿烂喧闹，戴着玫瑰花环，
酒杯的碰撞交织着歌唱，
我们坐着，紧紧挤作一团。
那个时候，心中无忧无虑，
我们全都活得轻松大胆，
为了希望、青春和各种游戏，
我们全都常常畅饮酒盏。

今非昔比：我们狂欢的节日，
像我们，随着岁月逐渐安分，
它显得谦虚、安静、老成，
节日的碰杯声也变得低沉；
彼此的话语已不那么调皮，
我们坐着，更稀疏，更忧郁，
歌唱中的笑声越来越少，
我们更多沉默和叹息。

物各有时：已是第二十五次，
我们庆祝皇村学校的校庆。
岁月不知不觉相继而去，
完全改变了我们的颜容！
四分之一世纪不会白过！
别叹息：这就是命运的规律；
整个世界都在身旁旋转，
难道只有人能静止不动？

朋友们，请想一想，自从
命运将我们结合在一起，
我们目睹了多少事情！
有人玩起神秘的游戏，
被激怒的民族一跃而起；
帝王们崛起又倒地；
人们的鲜血染红祭坛，
为了自由、骄傲和荣誉。

你们记否：当皇村学校成立，
沙皇为我们敞开皇后的宫殿，
我们来了。库尼岑热情满面，
将我们当成沙皇的客人，
那时，一二年的风暴
尚未响起。拿破仑尚未
尝到这伟大民族的滋味，
他还在恐吓，还在犹豫。

你们记否：大军川流不息，
我们道别年长的兄弟，
满怀沮丧地返回课堂，
走向死亡的人让我们妒忌……
种族与种族在决死拼杀，
俄罗斯紧抱傲慢的仇敌，
莫斯科城火光冲天，
映红为敌军备下的雪地。

你们记否：我们的阿伽门农
从被俘的巴黎向我们驶来。
他的面前是怎样的欢乐！
他多么优美，多么高大，
人民的朋友，自由的救星！
你们记否，一座座花园，
一眼眼活水，突然苏醒，
他在此度过他光荣的闲暇。

他已不在，他留下了俄罗斯，
让她俯视惊倒的世界，
拿破仑却在礁石上熄灭，
孤独的流放者，被人遗忘。
新的沙皇，威严强大，
抖擞地站在欧洲的边界，
大地上空聚拢新的乌云，
它们的风暴……

1880年6月6日，在普希金诞生81周年纪念日之际，他的纪念碑在莫斯科落成，这是全俄国第一座普希金纪念碑，也是第一座为诗人和作家树立的纪念碑。在纪念碑落成典礼上，许多著名作家都登台发表演说，其中以陀思妥耶夫斯基的演说最为著名。陀思妥耶夫斯基在演说中将普希金称作一位能对世界文化做出呼应的“全人”，称他的出现标志着俄罗斯文化的成熟，标志着俄罗斯文学开始登上世界文学的高峰。1937年2月10日，普希金逝世100周年纪念日，普希金的纪念碑在上海落成，这是中国第一座普希金纪念碑，也是全中国第一座为外国作家树立的纪念碑。抗日战争时期，日本侵略者拆除普希金纪念碑，将铜像熔化后用于制造子弹。“文化大革命”期间，红卫兵捣毁普希金纪念碑，用绳子拖着普希金的铜像游街。1987年，普希金逝世150周年纪念日，上海的这尊普希金铜像第三次在原址落成。普希金似乎成了我们中国人中的一员，与我们一同经历了20世纪的大灾大难。如今，在俄国和世界各地的普希金纪念碑已数不胜数，普希金在他的《纪念碑》一诗中所做出的预言已经实现。这些林立的普希金纪念碑让我们意识到，为普希金建立的纪念碑，就是为诗歌、为文学、为文化建立的纪念碑，就是为平民百姓、为爱人的人、为我们自己建立的纪念碑！

在普希金纪念碑揭幕典礼上的演说（节选）

陀思妥耶夫斯基

我敢肯定地说，没有一个诗人像普希金那样在全世界引起那么强烈的反响；而且这里的问题不只是反响，而在于这种反响的令人惊异的深刻内涵，在于把自己的精神体现在其他民族的精神中，几乎体现得十全十美。普天之下，这种现象只出现在普希金身上，他是一个前所未见、前所未闻的现象，这是具有启示性的现象，正是在这里最大限度地表现了他的俄罗斯的民族力量，表现了他的诗歌的人民性，其后继续不断发展的人民性，孕育在现在之中的我们未来的人民性。作为一个人民诗人，普希金在他刚一接触到人民的力量时，立刻预感到这种力量在未来的伟大使命。在这里他成了一个具有深刻洞察力的人，一个先知。

是的，俄罗斯人所肩负的无疑是全欧洲和全世界的使命。如果想成为一个真正的俄罗斯人，成为一个彻底的俄罗斯人，或许就意味着要作为（你们最终也会强调这一点的）就意味着要作为所有人的兄弟，即“世界人”，如果愿意的话，这不是用利剑割取而来，而是依靠博爱的力量和我们对于人类重新联合的亲善的愿望这种力量获得的。

……

是俄罗斯那颗向着全世界和全人类兄弟般的团结的心。在各个民族之中，也许它是天生如此。我在我国的历史上、在普希金的艺术风采中，看到了它的痕迹。普希金能够在心里容纳别的民族的特色如同本民族的特色一样。他在艺术上、在艺术创作中不容争辩地表现了俄罗斯精神所向往的世界性，而这中间就有重大的指示方向的作用。假如他能多活几年，也许他会写出为我们欧洲各国兄弟所能理解的俄罗斯灵魂那不朽的伟大的形象，也许他还来得及向他们说明我们各种追求的全部真情，那么他们就会比现在更加了解我们，事先就能判断出我们的心思，就不会像现在这样用怀疑的高傲的眼光看待我们。假如普希金能多活几年，那么，现在大家所见到的我们之间的误解和争吵，也许可以减少一点。然而上帝却作了另一种判决。普希金在他精力充沛之时去世了，他毫无疑问也把某种重大的秘密带进了坟墓。因此我们现在在他缺席的情况下来寻找这个秘密。

此选段为冯春先生译文，特此感谢。

纪念碑

我为自己建起非人工的纪念碑，
人民走向它的路径不会荒芜，
它高高昂起不屈的头颅，
高过亚历山大石柱。

我不会完全死去，珍藏的竖琴里
灵魂不腐，它比骨灰活得更长，
我将被颂扬，只要这世界上
还有一位诗人在歌唱。

伟大的俄罗斯到处都将有我的消息，
她的每种语言都将唤起我的姓名，
无论骄傲的斯拉夫人，还是芬兰人，
通古斯人和卡尔梅克人。

我将长久地受到人民的热爱，
因为我在残酷的时代将自由歌颂，
因为我用竖琴唤起善良的情感，
我呼吁对逝者的宽容。

哦，缪斯，请你听从上帝的吩咐，
不要惧怕屈辱，不要渴求桂冠，
心平气静地对待吹捧和诽谤，
不要理睬那些笨蛋。

演　　出　　前　　后

倾听普希金

童道明

普希金 1837 年 2 月 10 日离世，第二天的报纸上便出现一句动人魂魄的悼词——“俄罗斯诗歌的太阳殒落了！”紧接着，诗人丘特切夫和莱蒙托夫都写过悼念普希金的著名诗作。19 世纪更大的纪念活动，是以普希金纪念碑在莫斯科的落成为契机而展开的，除了托尔斯泰外，文学名家，悉数当场。引起最大反响的，是陀思妥耶夫斯基于 1860 年 6 月 8 日发表的演说。这位作家坦言：“没有一个诗人能像普希金那样产生世界性的影响”，他进而坦陈：“如果要成为一个真正的俄罗斯人，也许就意味着要成为全世界所有人的兄弟。”此言一出，全场沸腾。大家意识到，普希金将走向世界。

普希金的最后一首传世的名诗是《纪念碑》。濮存昕会最后出来读这首诗，让我们知道为什么普希金能不朽——“我所以永远能和人民亲近，是因为我曾用我的诗歌，唤起人们的善心，在这残酷的世纪，我歌颂过自由……”好，让我们在纪念普希金逝世 180 周年的日子里，倾听普希金。

童道明：著名翻译家、戏剧评论家、俄罗斯文学研究家，著有论文集《他山集》、专著《戏剧笔记》等。

普希金之于我们

刘文飞

普希金的步入中国，恰在中国的“新文学”和“新文化”的形成时期。20世纪初，中国开始挣脱封建体制，民主化和现代化的倾向对中国社会产生了巨大影响。五四时期，中国知识分子尝试创建“新的”文学和文化，也就是某种本质上不同于传统文学和文化的新文学和新文化。如今我们认为，五四运动有三个主要的思想来源，也就是法国启蒙思想、德国马克思主义和俄国文学。换句话说，俄国文学当时所扮演的角色不仅是审美的对象，而且也是意识形态的武器。正是在这样的历史语境中，普希金被译成了汉语，并迅即成为中国“新文学”和“新文化”的样板之一。普希金的诗歌和小说形式成为许多中国诗人和作家的模仿对象，至于这种影响的广度和深度，我们或许可以说，直到当下，就体裁层面和形式意义而言，大多数中国当代诗人和作家的写作更接近普希金（当然不仅仅是普希金，还包括其他许多外国作家和诗人），而不是20世纪初期以前的中国诗人和作家。普希金在其创作中表达出的精神内涵对于其中国同行而言具有更深的影响，比如他对小人物的人道主义立场，他在专制社会对自由和个性的歌颂，甚至包括他在诗歌中对爱情的大胆吐露。所有这些因素对于当时的中国而言十分及时，十分珍贵，因此逐渐成了中国“新文学”和“新文化”的内容构成之一。总之，普希金和他的中国翻译者、推广者、阐释者甚至读者，一起成了中国“新文学”和“新文化”的奠基者之一。

普希金被公认为俄国文学之父、俄国现代文学语言的奠基者。换句话说，正是从普希金起，俄国文学和文化开始步入世界文明的舞台。别林斯基认为，普希金的伟大功绩就在于，诗人“是初次觉醒的社会意识之代表”。陀思妥耶夫斯基在他的《普希金演讲》中重复了果戈理的话，“普希金是俄罗斯精神的一个特殊现象，或许是唯一的现象。”我们中国的著名作家鲁迅在 20 世纪 30 年代也说，俄国文学的独立始于普希金。从普希金到列夫 · 托尔斯泰，在短短数十年的时间里，俄国文学迅速攀上世界文学的高峰，大约在 19 世纪 80 年代，正如俄国科学院巴格诺院士在他的《西方的俄国观》一文中所言：“仅仅是由于俄国的小说，西欧人首次看到了一个既与西方同种，又与西方不同的国家，并开始将俄国视为欧洲民族大家庭中的平等一员，而且心怀诚悦和尊重，而不是恐惧和蔑视。”俄国文学的辉煌成就使西方针对俄国的“轻蔑、责难和声讨”迅速转变为“好奇、同情和赞赏”。普希金的创作对于祖国文学之独立、民族意识之觉醒和本国文化之传播所具有的意义，对于当下的中国而言十分重要，具有很强的借鉴意义，我们非常乐意向普希金和他的继承者们学习，学习如何完善、发展和传播自己的文学和文化。

正因为如此，普希金成了在中国流传最广的俄国作家，虽说如今中国人或许在怀着更大的兴趣阅读陀思妥耶夫斯基和契诃夫。陀思妥耶夫斯基称普希金为“全人”，在我看来，陀思妥耶夫斯基这个词的意义就在于，普希金不仅仅是俄罗斯人，也不仅仅是俄国人，甚至也不仅仅是非洲人，而同时也是欧洲人、美国人和中国人。他是真正的文学世界公民。或许正因为如此，普希金有不止一首诗作被收入中国的中小学语文课本，比如《假如生活欺骗了你》和《致凯恩》等。应该知道，中国的中小学语文课本容量有限，所选的外国作家作品屈指可数，所选诗作也不多，可普希金的作品却被多次选入不同年级的语文课本。或许正因为如此，普希金的作品有海量的汉译，他的有些作品如《叶甫盖尼·奥涅金》《大尉的女儿》和《别尔金小说集》等，拥有十余种甚至数十种不同译本，就连中文版的《普希金全集》就有三种。据不完全统计，一百多年间，中国共出版千余种普希金的作品，总印数超过千万册。此外，中国已经形成自己的“普希金学”，中国学者写作并出版了许多关于普希金生活和创作的专著，每年发表的相关论文更是数目可观，硕士、博士研究生也经常选择普希金的创作为学位论文的题目。到目前为止，中国学者共撰写关于普希金的论文约千篇，专著约三十部。

普希金步入中国

普希金之于中国的意义首先在于，他是飞入中国人阅读空间的第一只俄国文学的春燕。20 世纪的第一年，普希金的名字就出现在中国的报刊上，当时曾有“普世经”、“伯是斤”、“普式庚”等译名。1903 年，上海的大宣书局出版一本译著，这本书有着蓝色的封面，还有一个奇特的书名：《俄国情史，史密士玛丽传，一名花心蝶梦录》，这其实就是普希金的《大尉的女儿》一书。此书不仅是第一部译成汉语的普希金作品，也是第一部以单行本形式出版的汉译俄国文学名著，它构成俄国文学在中国译介和传播的起点。中国的俄国文学译介传统始自普希金，始自“俄国文学之父”，这不仅是一个惊人的巧合，而且也是一个富有象征意义的开端。正是从普希金开始，中国读者结识了俄国文学并渐渐地爱上了她，换句话说，俄国文学是与普希金的名字一同步入中国的，如此一来，普希金便在中国人的意识甚或潜意识中成了俄国文学的代表、象征和标识。

1937 年，在普希金去世一百周年纪念日之际，中国出现了第一个普希金接受高潮，上海举行了隆重的纪念会，出版了多种文集，并树立起普希金的纪念碑，这是中国的第一座普希金纪念碑，也是中国第一座为外国作家树立的纪念碑。在抗日战争期间和“文化大革命”期间，这座位于上海汾阳路、岳阳路和桃江路交叉路口街心花园里的普希金纪念碑两次被毁，1987年，在普希金逝世150周年纪念日上，这尊上海的普希金纪念碑又第三次在原址落成！普希金似乎成了中国人的一员，上海人的一员，与我们一同经历了中华民族20世纪的大灾大难。上海的这座普希金雕像，由此也成了世界范围内最著名的普希金纪念碑之一。

1947年，罗果夫和戈宝权合编的《普希金文集》由上海时代出版社出版，产生巨大反响，这部集普希金略传、普希金作品、关于普希金的论述和以“普希金在中国”为题的专论等内容为一体的文集之后多次再版，标志着普希金在中国的接受已进入成熟的阶段。

我的普希金

1999年，在普希金诞辰两百周年纪念日，我在莫斯科的《文学俄罗斯报》上发表了一篇文章，题为“中国的普希金”，我在该文的结尾写道：“玛丽娜·茨维塔耶娃称亚历山大·谢尔盖耶维奇为‘我的普希金’，的确，每个人都有一个自己的普希金，我们中国人也有自己的普希金。他如今仍旧生活在中国，他是不朽

的，既是作为一位伟大的诗人，也是作为我们善良的友人。”（《文学俄罗斯报》1999 年 6 月 4 日第 21 期）

普希金是我的第一个翻译对象，我在大学里学会一点俄语后便立即开始练习翻译，而最早的对象就是课本里的普希金诗。一年后，我已经译出十几首，将我的译作与一些中国著名翻译家如戈宝权、查良铮等人的译作做对比，我自然发现自己译作的很多缺陷，但与此同时却也发现自己的译作似乎也有一点自己的“风格”，甚至“特色”。这种感觉给了我自信，给了我成为一位普希金翻译者的希望，并进而通过对普希金的翻译成为一位俄国文学翻译者的希望。后来，我翻译了普希金全部的诗作和小说，还主编了十卷本的中文版《普希金全集》（河北教育出版社 1999 年版），还写了两本关于普希金的著作。

在我所有的翻译作品中，普希金的作品是再版次数最多的。几乎每一年，我翻译的《普希金诗选》都会再版一次。有的版本不仅是再版，而且是“再译”，即我又对译文中的某些地方做了润色和加工。无论是文学翻译，还是诗歌翻译，或是普希金诗歌的翻译，似乎都是无止境的。就好像舞台演员的工作一样，是一门“遗憾的艺术”，出版之后才觉得某些地方还有改进的余地。在我刚开始翻译俄国文学时，我觉得普希金比较容易译，比如就比帕斯捷尔纳克和布罗茨基的诗更容易译。可如今，随着自己翻译经验的不断积累，随着对普希金的不断“重译”，我越来越觉得，普希金的“朴实和明晰”其实是最困难的翻译对象。普希金与中国的伟大诗人李白一样，在任何一种语言的译作中往往都会显得过于“简单”，过于“通俗易懂”，而最“简单”、最“通俗”的诗在原作中往往是最伟大的诗，太简单的翻译处理往往会降低那些传世杰作的魅力，而违背原作的美化和复杂化，又往往是对那些大诗人的误译和背叛，这的确让译者有些左右为难。正是因为这一点，我甚至开始意识到，诗歌，其中包括普希金的诗歌，原本就是不可译的。可悖论的是，普希金的诗歌一直被我们不断地重译着、再版着，被中国一代又一代中国读者带着尊重和挚爱阅读着。

再读普希金

刘文飞

最近为一台纪念普希金逝世180周年的诗歌音乐晚会撰写脚本，便又重读了普希金的两本传记，一本是列昂尼德·格罗斯曼的《普希金传》（王士燮译，黑龙江人民出版社1983年版），一本是亨利·特罗亚的《普希金传》（张继双等译，世界知识出版社1992年版）。

列昂尼德·格罗斯曼（1888—1965）是苏联著名语文学家，他为苏联青年近卫军出版社的“杰出人物传记丛书”撰写的这部《普希金传》出版后受到了广泛欢迎，多次再版。亨利·特罗亚（1911—2007）是法国著名作家，与茨威格和莫洛亚并称为“20世纪世界三大传记作家”。特罗亚出身俄国化的亚美尼亚富商家庭，原名列夫·塔拉索夫，8岁时随全家流亡巴黎，后成为法国作家，曾获包括龚古尔奖、荣誉骑士、法兰西科学院院士等在内的多项殊荣，但俄国始终是他魂牵梦绕的文化记忆，俄国作家传记是他写作的重要构成之一，除普希金外，他还先后为果戈理、屠格涅夫、陀思妥耶夫斯基、托尔斯泰、契诃夫、高尔基、茨维塔耶娃、帕斯捷尔纳克等俄国作家作传。1945

年，特罗亚偶然从在决斗中杀死普希金的法国人丹特斯的孙子手中得到两封普希金写给丹特斯义父盖克伦的信，这成了他写作《普希金传》的直接动机。

格罗斯曼和特罗亚的这两本书书名相同，写作年代也相距不远，格的《普希金传》1939 年初版，特的《普希金传》1946 年初版；两书写法大同小异，均为对普希金由出生到死亡的生命历程的完整交代，对普希金文学创作活动的系统评介，甚至连书中引用的书信和资料、被当作分析对象的普希金作品引文等也都大体相同。然而，两位《普希金传》作者，一位是苏联犹太裔学者，一位是法国俄裔作家，两人的生活经历、写作语境、作者个性和文字风格均有很大差异，这就使得两书在作者视点、叙事立场和叙述调性等方面体现出很大不同。就整体而言，格的《普希金传》是颂歌体的，是在神化一位诗人，在努力建构一个作为民族文化图腾的普希金形象。而特的《普希金传》则是故事体的，在人化一位诗神，在努力揭示一位神一样的人物的生活真实。前者以普希金自由思想的生发和成熟作为主要线索，追溯普希金作为自由战士和民族英雄的“战斗一生”，正如作者在《作者的话》中所说明的那样，他“对伟大诗人生平的叙述是以当时的政治事件和文学史为基础”，目的在于“有可能彻底发掘出伟大创作的这些源泉——诗人同人民的压迫者所进行的战斗，他为了争取自由、理智和缪斯的胜利所付出的巨大劳动”；后者则以普希金诗歌天赋的发展和表达为经纬，在普希金花天酒地的生活和严肃认真的创作这两者之间寻找平衡点，在普希金诗歌天才的发展史中发掘“故事性”，就像该书译者在《译者的话》中所写的那样：“在写作技巧上，《普希金传》摆脱了传记作品的刻板模式，写得生动活泼，有声有色，有很强的可读性，简直如同一部写技高超的小说。”比如，格的《普希金传》为尊者讳，反复强调“普希金并不像他同时代人所描写的那样好追求女色”；特的《普希金传》则言：“他的一生就游荡在爱情和诗歌之间。更确切地说，对他来说，爱情和诗歌是同一种天才的不同表现形式。……他的‘纯非洲式’的色欲叫人吃惊。”格的《普希金传》通过对《乡村》一诗的分析表明：“普希金是民族的伟大代言人，是准备同人民的压迫者进行决战的整个社会的深刻的人道思想的表达者。”特的《普希金传》却津津乐道于普希金的“双重人格”：“普希金有着双重人格，他一直就是如此。一方面他是个大顽童，贪恋女色和杯中物，喜欢击剑、赌博和写情书；另一方面他又是一位严肃的高产诗人。”“他在思想上是个成熟的男子汉，但在感情上却是个顽童。”格的《普希金传》在结尾写到普希金的葬礼上出现几个看热闹的农民。“他们仿佛是被不自由的人们派到被人杀害的诗人坟头的。正是人们用他们的传说丰富了诗人的创作，并且永远把普希金的名字藏入记忆里，以便把它带到遥远的但必定要来到的解放的时代。”特的《普希金传》在结尾则这样描写普希金的葬礼场景：“那里只剩下普希金一人，躺在黄土里。雪仍在下，风仍在吼。”很难说，这两种不同的叙述调性、不同的阐释线索究竟哪一种更合理，更吻合普希金的一生，但两者显然都是自成一家的，贯穿始终的，也能在一定程度上说服其读者。

奇怪的是，在读了这两本调性不同的《普希金传》后，我所获得的两个普希金形象却又是大同小异的，至少，这两个形象在我的心目中是相互重叠的，相互补充的，并未构成矛盾。这或许是因为，关于普希金的生平和创作我已有比较全面的了解，再读普希金所获得的印象无法从根本上修正我业已形成的认识；但这或许更因为，任何一种关于普希金的阐释，说到底只不过是一个参照系，每个阅读普希金的人都应该获得一个自己的普希金，也就是茨维塔耶娃所言的“我的普希金”，其中既包含自己所采集的关于普希金的各种史实和观点，也应渗入自己的诗歌观和世界观，如此说来，任何一次对普希金的阅读，实际上也都是一次自我丰富的过程，就这一意义而言，对普希金的阅读应一直持续下去。读不尽的普希金，普希金读不尽，其实是因为我们对自己精神世界的填充和拓展是永无止境的。

在上海致敬普希金

刘文飞

2017 年 2 月 10 日，一台题为“致普希金”的诗歌音乐晚会在上海东方艺术中心上演。180 年前的这一天，也就是 1837 年 2 月 10 日，在决斗中身负重伤的普希金于下午 2 点 45 分在彼得堡去世。彼得堡和上海两地的时差是 5 小时，上海这台晚会开场的时间，几乎恰好就是普希金 180 年前离开这个世界的时刻！

在上海致敬普希金，这一文化举动有着深刻的内在逻辑性。被誉为“俄国文学之父”的普希金是最早被介绍到中国来的俄国作家之一，他的《上尉的女儿》是第一部以单行本形式出版的汉译俄国文学作品，这部作品被冠以一个十分中国化的书名，即《俄国情史》，于 1903 年由上海大宣书局出版，构成俄国文学中国传播史上的第一座里程碑。1937 年 2 月 10 日，在普希金逝世 100 周年纪念日，一座普希金纪念碑在上海落成，这是中国的第一座普希金纪念碑，也是中国第一座为外国作家树立的纪念碑。在抗日战争和“文化大革命”期间，这座位于上海汾阳路、岳阳路和桃江路交叉路口街心花园里的纪念碑两次被毁。1987 年，在普希金逝世 150 周年纪念日，这尊上海的普希金纪念碑又第三次在原址落成！普希金似乎成了中国人的一员，上海人的一员，与我们一同经历了我们民族 20 世纪的大灾大难。上海的这座普希金雕像，由此也成了世界范围内最著名的普希金纪念碑之一。

“我为自己建起非人工的纪念碑，/ 人民走向它的路径不会荒芜，/ 它高高昂起不屈的头颅，/ 高过亚历山大石柱。// 我不会完全死去，珍藏的竖琴里 / 灵魂不腐，它比骨灰活得更长，/ 我将被颂扬，只要这世界上 / 还有一位诗人在歌唱。”普希金在他的《纪念碑》一诗中发出的预言已成为现实。在 2 月 10 日的这台晚会上，著名表演艺术家濮存昕朗诵了这首诗，上海的著名艺术家达式常朗诵了普希金的名作《致大海》，与他们一同登台朗诵普希金诗作的还有众多中国演艺界大腕，如广东话剧院国家一级演员姚锡娟，空政话剧团国家一级演员肖雄，著名演员王耀庆等。由姚锡娟、达式常和肖雄联袂朗诵的长诗《奥涅金》片段，构成了晚会的下半段。整台晚会由著名影视演员严晓频串联主持。由如此多的“国家一级演员”在上海诵读普希金，这是普希金的幸运，也是沪上观众的幸运。

《致普希金》是一台诗歌与音乐相互结合、相互渗透的晚会。“诗歌音乐晚会”这一在欧美国家十分流行的艺术演出样式，往往能以其纯净的场面、浓郁的意境和悠远的回响打动观众，调动起观众内心的审美激情和艺术欲望。令沪上观众惊喜的是，这台晚会的编导成功地邀请到普希金的祖国最著名的钢琴家之一，他就是俄罗斯功勋艺术家、莫斯科柴可夫斯基音乐学院钢琴系主任安德烈·皮萨列夫。作为普希金的同胞，他像每一位俄国文化人和艺术家一样，是在普希金诗歌的熏陶下长大的。为了这台晚会，安德烈细心挑选 7 首钢琴曲，他以拉赫玛尼诺夫的《升 C 小调前奏曲》作为晚会的开场和结尾，用柴可夫斯基的《沉思》《船歌》和《夜曲》等曲目与中国艺术家们的朗诵相互穿插，构成诗歌与音乐的对照和呼应。安德烈选择拉赫玛尼诺夫和柴可夫斯基这两位作曲家来陪伴普希金，或许因为他是用柴可夫斯基的名字命名的著名音乐学府的教授，或许因为他曾获莫斯科拉赫玛尼诺夫国际钢琴大赛冠军，或许更是因为，在他看来，最能与普希金的诗歌构成和弦、复调和共鸣的，就是拉赫玛尼诺夫和柴可夫斯基的音乐。

《致普希金》诗歌音乐晚会，应该能唤起有俄苏情结的中老年一代的艺术怀旧，晚会上所朗诵的诗篇，就是他们年少时便烂熟于胸的文学记忆。如今年轻的一代，也有可能在这台颇为“文艺”的晚会上找到大派对和大沙龙的感觉。至于大、中、小学生们，更可以重温他们在语文课上主动或被迫背诵过的诗句。

普希金给许多人写过诗，他有许多诗作均以“致某某”为题，比如《致诗友》《致一位艺术家》《致恰达耶夫》《致凯恩》和《致奶娘》等。他不仅把诗歌献给他的友人、情人和亲人，他还献诗给大海和航船，秋天和白雪，欢乐和忧伤。他在以诗的形式向人类和自然表达他温暖的善意和爱意、他明亮的祝福和希望。如今，我们也将在上海用一台诗歌和音乐的晚会向他致敬，用普希金的诗歌和拉赫玛尼诺夫、柴可夫斯基的音乐来致敬普希金。致敬普希金，就是致敬诗歌，就是致敬我们的精神赖以存在的艺术和文化！

濮存昕谈普希金

刘文飞采访
2017 年 3 月 23 日晚 8:30—10:00
清华大学艺术博物馆一楼咖啡馆

刘：刘文飞
濮：濮存昕

刘：濮哥好！您还记得您第一次听到普希金这个名字或者第一次读他的诗歌，大约是在什么时候吗？

濮：应该是在 1963—1964 年，就是星期天朗诵会，每个星期天在中山公园举行，当时就有人读过普希金的诗。当年有很多艺术家在那里朗诵，王心刚老师去读过，刁光谭老师去读过，朱琳阿姨也去读过。艺术家们朗诵诗歌，朗诵俄罗斯的诗歌。我父亲也去朗诵，带我去听，我就在后台听，听到过《假如生活欺骗了你》。当时还有人读马雅可夫斯基，“向左！向左！向左！”很了不起。应该就是在那个时候，我最初接触到了普希金的诗歌，觉得很美。我第一次朗诵普希金的诗，应该是《致大海》，热情澎湃，但是似懂非懂。《致大海》符合我们所处的那个知青时代，符合遭遇精神挫折的我们，但当时对普希金诗的理解都是皮毛。后来读《我曾经爱过您》，很感动，人能有这么一种情怀，尊重多于爱欲，爱情似乎就是最高尚的情怀，另一个人跟我一样爱您，就是一种释然，就是高尚，这就是我接近普希金诗歌最初的感觉。后来，有一家国外剧团来演出《奥涅金》，是芭蕾舞剧，我们连夜排队买票。

刘：这也是在“文化大革命”前？

濮：不，是“文化大革命”后。当时在天桥剧场，好像是一个德国的芭蕾舞剧团来演出，我们连夜排队买票。我妻子宛萍当时已经怀孕，还是晚上去排队，排到很晚，然后我去接班，彻夜排队。当时，我们都处在爱情的启蒙阶段，看《奥涅金》，感触很深。我们处在想象太多的时候，很容易受感动。舞台上有一个调度，奥涅金与塔吉亚娜的双人舞，两人从舞台的后入口斜着跳到舞台的前入口，三个动作是重复的，一直跳过来，看得我们潸然泪下。这让我们看到真正的爱情是什么样的，真正的爱情是难以实现的，应该珍惜真实的刹那。

刘：那么“文化大革命”期间，您还有机会接触到普希金和俄苏文学吗？

濮：继续看啊。在我们的青春时期，俄国文学和普希金对我们的影响是巨大的。读普希金，你会觉得美是不可抗拒的，他对于尊严的坚守，他为了捍卫自己而去决斗，都很感动我们。我们曾经放弃过许多东西，我觉得对待我们生活中真实的东西、宝贵的东西，还是要珍惜的、要捍卫的。我也看《复活》，托尔斯泰的，当时我20岁刚过，在解释不了自己的时候，在面对残酷的生活的现实，读《复活》是很有现实意义的。当时兵团的生活是很艰苦的，天寒地冻，我们不懂爱情，也不能谈恋爱，一谈恋爱就可能永远留在那里了。在去兵团的路上，我第一次体验到了温情，在颠簸的车厢里，大家相互依偎，我的胳膊搭在另一个温暖的身体上，第一次有呵护他人的感觉。当时还看过《叶尔绍夫兄弟》，感觉其中的人物，比如话剧演员古良也夫，都很高尚，很无私，看那些小说就能展开很多想象，觉得不能去伤害别人，不能把自己的私欲强加给别人。

刘：您第一次接触到普希金，是在 1963—1964 年间，之后不久就开始了“文化大革命”，“文化大革命”期间，中苏之间爆发了激烈的意识形态冲突，中苏关系恶化，当时的时代语境是否对您产生了影响？换句话说，苏联成了敌人，您还继续读俄苏文学吗？对苏联的敌对情绪有没有影响到您对俄苏文学的接受和热爱呢？

濮：没有影响，文化就是文化。珍宝岛冲突发生后，我们上街游行示威，举着标语，喊着口号，从南小街一直游行到苏联大使馆前，高喊“打倒苏修！”，大家都群情激奋。

刘：抗议完了，可能还是会去看苏联小说。

濮：抗议完了不久，我们就去了兵团，去了黑龙江，可能是为了挡住苏联的第一拨进攻。当时去兵团，要过好几道检查站，要出示边境通行证。在珍宝岛打仗之后，要我们在 11 月之赶到前线，我们都坚决要求上前线。我们连队当时受命铺设第二条国防通讯线，由我们负责架线，当时很有荣誉感。我们挖一个坑，把电线杆杵进去，过一会儿就冻结实了。林彪事件后，更是进入一级战备，一人发一木头棒子，因为没那么多真枪，我们整天蹲在战壕里，讲故事，有恐怖故事，也有俄苏文学作品中的情节。

刘：这很奇怪，在与对方打仗的时候却依然在“阅读”对方的文学，你们有没有意识到，普希金、托尔斯泰、柯切托夫等也是俄国人，也是苏联人呢？

濮：没有。因为俄苏文学中有一种独特的东西，就是人文的教化，这是俄罗斯的东西，欧美的文艺好像都没有这么强烈的使命感和责任感，俄苏的诗歌、文学，还有戏剧、音乐，甚至意识形态，都有一种宣扬崇高的东西，苏联毕竟曾经是我们的老大哥，我们整个社会的理想其实就是他们的理想，土豆烧牛肉，布拉吉，都是从苏联传过来的，我们看重的人文的、审美的东西，都是从那里传过来的。

刘：是的，我们很长一段时间都没有意识到，中国近现代的“西方文化”和“西方艺术”，往往都是借道苏联传播进来的，而不是直接来自西方，新中国的第一代文学家和艺术家，许多都是在苏联的影响下成长起来的，我们的中央美院、中央音乐学院、中央戏剧学院、北京电影学院等等，第一代教师要么是苏联专家，要么是留学苏联的学者。搞了半天，我们的西方文艺竟然是俄苏文艺的变体。

濮：的确很奇特。

刘：濮哥，不知您是否还记得这样一件事。大约 20 年前，我还在社科院外文所工作，我的同事童道明先生有一次对我说：“小刘，你能不能把《皇村的回忆》重新翻译一遍？人艺的濮存昕想朗诵这首诗，可是他觉得有些地方不太顺。”

濮：这应该是在 1999 年，我当时的确读过《皇村怀古》，我也的确改过诗中的一些地方。书面的东西和朗诵的东西往往不太一样，朗诵的诗不仅要口语化一些，还必须把诗中隐在的东西更为直接地体现出来。

刘：译文可以加注，朗诵就必须把这些注释通过种种方式打开。

濮：就是在读《皇村怀古》的时候，我开始怀疑自己的朗诵方式。我突然发现，这首诗这是个直截了当的东西，15 岁的孩子写的，不是文采飞扬，不是意境深远，而是直抒胸臆，像回答问题一样，没有什么含蓄的内在，直抒胸臆，这首诗给了我这么一个启迪，这是一个少不经事的人写的，他直接写沙皇，直接写拿破仑，直接写战争，写得越简单越好，这就对了。我当时读出了一个特别简单的普希金。这是我接触普希金的开始。

刘：这一次在上海的晚会上读普希金，您有什么新的感受吗？

濮：这一次在上海读普希金，我被深深地感动过。突然间，我发现我们是有这样一种情怀的，普希金代替我们表达了这样一种情怀，就是唤起人们的善心。我们和普希金一样，搞文艺，能当饭吃吗？能当钱用吗？可是《纪念碑》一诗中体现出的那种高贵感，荒芜的小径是崇拜普希金的人趟出来的，他之所以自信他的纪念碑能高于亚历山大石柱，是因为他自信他曾经用诗歌唤起了人们的善心，他同情过弱势的人们。所谓“文化自信”，就是自己喜爱的东西能获得大家的喜爱，让人们感到生活是有温度的。夜晚花两个小时，走进剧场，感受戏剧的力量、艺术的力量、文化的力量，让我们因此变得善良起来，温暖起来，高尚起来。我们其实是在与普希金做着同样的事情，在他两百年之后，还有人在做与他同样的事情。我是搞戏剧的，我读诗的方式，就是把“我”带入诗歌：我就是普希金！我在代替诗人在发言，我自己就是诗人，我在寻找诗人的思绪，体会他的情感，我们在代言诗人，自己仿佛也成了才子。这是我自己的一个基本体会，我读诗的时候就是采取了这样一个切入的角度。

刘：您在读诗的时候觉得自己就是作者？

濮：对！我在读《大堰河——我的保姆》的时候，我觉得自己就是艾青；读《将进酒》的时候，我就是李白；“江州司马青衫湿”，我就是白居易！

刘：这是演员朗诵和诗人朗诵的不同，和学者朗诵、读者朗诵的不同。一位学者读普希金的诗，他绝对不会觉得自己就是普希金。这个朗读方式和切入角度非常重要，非常好！

濮：我要找出现场的直接感受，做听觉的代言人，听觉上的直感。我们被普希金所感动，我们似乎在寻找我们与普希金之间的交情，这个交情就是演员、艺术家把自己和普希金联系在一起的一种创作态度。

刘：濮哥，您读过普希金，读过托尔斯泰，演过契诃夫的大部分剧目，对这三位伟大的俄国作家，您有没有什么分类或者排序，您对他们有什么不同的看法吗？

濮：普希金和托尔斯泰我前面已经谈了，契诃夫的戏我演得不少，他的小说，主要是中短篇小说，我也读得很多，比如《变色龙》，比如《小公务员之死》。当年北京战友文工团要调我，我拿着商调函去见政委，可是我站在政委的门口，一直不敢去敲门。你不是说要扎根边疆吗？你不是说要实现理想吗？就像一句歌词唱的那样，“把理想埋在土里”。读了契诃夫的《小公务员之死》后，我就觉得自己猥琐，觉得自己渺小，拿着商调函连门都不敢敲。从那时候起我就恨官僚，恨自己的“小公务员”心态。这些都与看契诃夫的书有关。

刘：三个作家有什么不同，有什么相近？这不是一个学术话题。您在台上读普希金，觉得自己就是普希金，可是您演契诃夫的时候，不会觉得您就是契诃夫吧？

濮：这当然就是一个学术问题，很难展开。普希金的诗、托尔斯泰的小说、契诃夫的剧作，都是温暖的。可能普希金更单纯一些，契诃夫更现代一些，托尔斯泰更崇高一些。我看过一部讲托尔斯泰的电影，美国人拍的，主演挺像托尔斯泰的，美国人对俄罗斯文学也很重视。影片中托尔斯泰说的一句话让我感到很震撼：不要忘记我们曾经有过的可怕的幸福！

刘：濮哥，最后问您一个问题：如果普希金现在坐在您的对面，您会对他说什么？

濮：这个场景很难想象……我会对他说：我读过您的诗……可是我不会去学他，不会去追求那么多的美女，那太累了。

刘：您在俄国的时候关注过普希金吗？

濮：没有，我在上海看过普希金的纪念碑。到莫斯科后，我主要奔着叶夫列莫夫去了，他为我导过戏，我两次去过他在新圣女公墓的墓地。

刘：今年的彼得堡文化论坛有可能请我们这个剧组过去，时间大约在年底，您届时能够过去吗？

濮：我要是没有其他的事情，一定会过去。这会很有趣，我们会不会去听外国人朗诵我们的唐诗宋词呢？

刘：我会去听的，但不是听他们用中文朗诵。

濮：我在新疆的时候看到我演的《英雄无悔》，发现我自己在说新疆话，很有意思。

刘：前天我去上海，达式常老师打来电话，说意犹未尽，还想朗诵《奥涅金》，他还说他理解不了塔吉亚娜对奥涅金的拒绝。

濮：塔吉亚娜其实和奥涅金一样，是不愿再累了，真爱是艰难的，是需要投入的，塔吉亚娜拒绝他，是害怕爱被摧残，记忆是一朵鲜活的花朵，一离开泥土就枯萎了。

刘：谢谢濮哥！

濮存昕：北京人民艺术剧院国家一级演员，中国戏剧家协会主席。曾获得话剧金狮奖、文华奖、梅花奖、北京市首届金菊花奖、上海市白玉兰奖、“感动中国十大人物”年度奖等奖项。

激情创作之后

姚锡娟

《致普希金》朗诵音乐会结束两个月了，然余音袅袅，那创作过程中苦乐交加的心路历程，那合作者之间的友情与默契，那曲终后台上台下一起朗读《假如生活欺骗了你》的感人场景，还有观众送上的热烈真挚的掌声，都时时萦绕在心，久久不能散去。

记得自己最初朗诵的普希金作品是《渔夫与金鱼的故事》。这是一部语言朴素优美、含意深刻感人的寓言诗，深受各个年龄段读者的喜爱。当年我们三个演员穿上中性的宽松绿袍，分别担任叙述、老爷爷、老太婆、小金鱼的角色，在广州、澳门做多场演出。作为一个文艺青年，普希金那脍炙人口的小诗，也会动不动念上几句。

我是一个接触过普希金作品却又没有深入了解普希金的人。2010 年，为参加一个俄罗斯文学朗诵会，师兄达式常对我说：“可以朗诵《奥涅金》啊！”这可把我吓着了。这是普希金的巅峰之作，我只听说过歌剧《奥涅金》，可似乎是听不懂的阳春白雪。我也没看过译作，因此我就开始寻找译作，北京的朋友把专家选择的查良铮译本《奥涅金》第八章第三十一节至第五十一节发了给我，我被作品迷住了，特别对其中的叙述部分情有独钟。原来它并非我想象中那样高深莫测，晦涩难懂，我恨不得马上就排练起来。虽然最终并没排成，但它在我心中扎下了根。

2016 年我终于如愿以偿，先是 7 月 3 日在广州与曹雷看稿朗读了《奥涅金》的片断。在一次朋友聚会中，我们在没有任何演出任务的指令下，与张琳、刘晓翠决定自己排练《奥涅金》这个完整的片段。我们从淘宝网上买到了已经断版多年的查良铮译本，认真阅读了全文，年逾古稀竟被作品激发出了巨大的创作激情。巧在几个月后，我接到了太平洋影音公司将在 12 月 10 日首发我的朗诵专辑《未成曲调先有情》的通知，并希望我有节目演出，我即提出三人朗诵《奥涅金》片段。我们在排练演出的过程中如嚼甘草，如饮玉液，吮吸并享受着普希金作品中的养分。首发那天，我们真诚地向观众献上了我们的这个作品，12 月 23 日又在佛山演出了一场。而在 11 月时获知上海的演出也定了下来，我怀着兴奋和紧张的心情，于 2017 年 2 月 10 日携手达式常、肖雄，在家乡上海参加了北京魔笛文化与上海东方艺术中心举办的《致普希金》朗诵音乐会的演出。同台的演员还有濮存昕、严晓频、王耀庆和俄罗斯功勋演员、钢琴家安德烈 · 皮萨列夫。

每次排练这段心仪已久的作品时，感觉它的文字是那么的流畅自然，清新明了。除了“就如萨迪当年所惋惜的情景”中的“萨迪”是何许人以外，基本上没遇到什么障碍。诗的动作性、画面感特别强，能让你身临其境；诗的内在节奏起伏跌宕，变化丰富；语言生动活泼，有时深情满怀，让人心酸落泪，有时幽默风趣，让人忍俊不禁。作品给予我宽舒的创作空间，如三十九节“那是个晴朗的早晨，他坐着雪橇，沿着涅瓦河驶去，太阳在蓝色的冰块上照耀，街上的雪化了，满是泥泞。呵，奥涅金这么快地奔跑”这一段，我根据作品描写的情景和奥涅金的心情，用了愉快高昂的情绪和流畅无阻的速度节奏一气呵成，这个节奏和速度是作品本身的存在，完全不是我臆造出来的。而在第四十节那段：“他来了，真像个幽灵，门房里看不见有什么人，走进大厅，没有一处碰到谁。再往前走，推开门。”为了表现奥涅金似幽灵般地蹑手蹑脚，我用非常轻、弱、慢的语气和节奏来完成作品的情景描绘，而后面两句“是什么使他突然惊呆？他看见了谁？”是一个节奏的突变，然后在一个较长的停顿后，才缓慢地念出：“正是公爵夫人……”“终于，她对他（奥涅金）轻轻地说”那一段我则用了缓慢沉重的速度和语气，体现此时怀着深沉痛苦的塔吉亚娜形象。还是那句话，这一切的表达，都是由作品的内在节奏所引领的。

在排练和内部演出的过程中，我也逐渐发现了自己的几个问题。一是我的朗诵自然有余，但诗的韵味不足。我知道普希金原作是有他特殊的俄语十四行诗的压韵，查先生的译作也在尽量地体现原作的特色。于是我就在诗句的尾字上加以注重，比如：萃，睬，他，话……几乎诗句中所有的尾音我都往上提一下，力求表现出诗的韵律感。二是小说的叙述者是作者本人的口吻，其中的一些俏皮、幽默、风趣、嘲弄口气可能男演员更能体现，那么我作为一个女演员该如何掌握分寸呢？我第一次拿稿在台上朗读时，完全没有这样的顾虑，观看演出的朋友告诉我能在我的朗读中感受到作品中的幽默，并且很喜欢。倒是在面临正式演出时，因为想加强体现其幽默的特点，才突然感到其中最不合适的演员也许就是我，女演员怎么去表达这种男性的幽默呢？可我还是想试试。过去，我们在莎士比亚的戏剧中也领略过人物道白跳进跳出的那种调侃，在中国戏曲中的丑角表演中更常见这样的诙谐。我在正式演出时就比起初更清晰地强调了这种表现，但必须不油不滑，点到为止。例如在小说的第三十二节“塔吉亚娜仍旧无动于衷，（你知道，女人就是这般）”和第三十八节“或者更坏，几乎变成诗人，（谢谢上帝，他倒还没那么不幸）”这两句括弧内的话，在上海演出时，我就用说悄悄话那样处理，而“诗人”这个词我则大胆地带有口吃似的强调为“几乎成为诗诗诗人”，突出自嘲的效果。我记得电影《钦差大臣》里市长那句“大大大大大人……”曾给我留下深刻可笑的印象，虽然情景完全不同，但这种潜移默化的艺术种子给我带来了灵感，这种读法终于在上海那场演出中用上了，感觉还不错。这种幽默还表现在节奏变化的处理上，还是第三十八节。“他整天沉迷于幻想，如醉如痴，简直要发狂，或者更坏，几乎要成为诗人……”这前三句，我用渐进式的节奏，语言的速度和强度增强到最大，然后一个停顿，用一个“哦”字拖出一种不可理解的嘲笑的语气，说出“或者更坏，几乎成为诗诗诗诗人”，再加上一句括弧里的悄悄话。

三是小说第四十八至五十一节中有两个特点：一、叙述者从故事情节中跳出来了。二、这几节完全是作者个人感情的释放，我如何准确理解和把握住他此时此地的情感呢？对第一个问题的处理，我提议把其中的“来啊，让我们庆祝，欢呼，可不是吗？早就应该打住！就这样吧，别了，我的朋友！别了！你，我同行的伴侣，还有你，我理想的少女，还有你，这本即兴的小说，我长期的习作”这一段由三个演员分别朗诵，就这样，那二位演员算是从角色中跳出来了，成为与我一样的叙述者。

对第二个问题，我确实有个逐步理解的过程。开始我没有很在意叙述者在这里有个感情上的跌宕，忽略过去了。深入阅读后，感觉到了作者很强烈的伤感之情。既是对这本“长期的习作”有情感上的不舍，更有对“听过我朗诵最初几节诗的，早年的友人……”和“还有可爱的她，那个塔吉亚娜的原型”等许多逝去朋友的怀恋，发出了“奥涅金写完了，可他们却已经不在了。呵，命运淘尽了多少浪沙……”的感慨！有了这样的认识后，我在“别了，还有你，这本即兴的小书，我长期的习作。然而，那些听我朗诵过最初几节诗的，早年的友人，有的已经逝去，有的去到了远方，奥涅金写完了，可他们却已经不在了，还有可爱的她，那个塔吉亚娜的原型……”我从恋恋不舍的告别渐变到无限的伤感，尤其强调“可他们却已经不在了”这句，在重重的读出“可他们”之后，哽咽着停顿了，再轻轻吐出“却已经不在了”几个字。一个长停顿后，我特别用力用心痛苦地读出“呵，命运淘尽了多少浪沙”这句，然后停顿，才轻轻地往下感慨地说：“这样的人有福了，如果他早早地离开了生命的华筵，满满地斟一杯酒，却并不把它饮干，不等到把人生的故事读完”，在“就突然离开，毫不动心”这两句上又一次情感爆发，再一次停顿后，才深情地读出“恰如我离开，我的奥涅金”。在上海最后一天的排练中，大家提出了不同的看法。有的认为这样处理很感人，有的却认为既然前面已从故事中跳出来了，为什么又进入那样沉重的情感中去呢？应该用另一种方式去表达，对后一种意见我很纠结。但是我想试试另一种表达，恰好文学顾问刘文飞先生曾对我说过：“普希金及那个时期的诗人常常有一种正话反说的爱好……”我可以用一种表面听来并不经意，甚至故作轻松的姿态来表达。更有意思的是，在排练中，肖雄的感情很投入，哭得泪人一般，在达式常说“可不是吗，早就应该打住”这句词后，即兴做了一个把纸巾递给肖雄擦泪的动作，现场哄堂大笑，观众和演员一起从故事情节和人物中跳出来了。在这样一个氛围下，我从“还有你，这本即兴的小说……奥涅金写完了，可他们却已经不在了”开始，就摒弃了沉重的语气，却保留了内心的怀恋和辛酸，用貌似不经意的语气，只在“毫不动心”的“心”字上轻轻地往里收，再略加停顿，然后再深情地读出“恰如我离开，我的奥涅金”。这个尝试做得还不完善，但我非常感念这种互相切磋探讨的创作氛围，并将在以后的演出中追求进一步提高。

我选择普希金的短诗《理智与爱情》，原因很简单，这首小诗让我觉得它与普希金别的爱情诗不同，轻快，明朗，有趣，又讲述了一个普遍的真理。每当读完最后一句“理智已无话可说”，总让我“噗哧”一笑，回味无穷。

但当我真正开始准备的时候，却觉得不好朗诵啊，几次想打退堂鼓。几经试验，我除了把诗中人物的名字统一为牧童和牧女以便人物交代得更清楚外，还给予牧童、牧女、理智、爱情及叙述者各一个固定的语言形象。然而即使这样，理智的语言还是缺少动作性。他总共三句话：“住口，住口！”“跑开，跑开！”“跑开，跑开！”如何读出动作感？酝酿许久，才在第三句上找到了感觉。另一个难题是结尾，如何能把让我看后“噗哧”一笑的效果不失一分地传递给观众呢？几经尝试，我在“‘祝你幸福’，爱神对牧女说”后面，连接着一个该理智接着说话的动作，但却找不到理智了，便大声地着急地说：“理智呢？”用意突出急需听到理智态度的一个悬念，结果送到观众耳内的却是一句无奈而泄气的叙述：“理智已无话可说！”以此达到读诗后让人“噗哧”一笑的效果。刘文飞先生也给我介绍了这首诗的背景，是一名男子与一个有夫之女神之间无法控制的失去理智的婚外恋情，可惜我只能表现其表面的大家能理解的爱情战胜理智的故事，背景部分的解释我就无能为力了，也许这就是因时代与国度不同而产生的文化差异吧！

姚锡娟：广东话剧院国家一级演员。曾获中国话剧金狮奖、“文化部 80 名优秀话剧工作者”称号、飞天奖优秀女配音演员奖、金鹰奖最佳女配音演员奖、广东省第二届文艺终身成就奖、第五届鲁迅文艺奖。

我担任晚会解说

严晓频

东艺音乐厅舞台的侧面，演员的上场口，高大的安德烈站在我的前方，观众都已经进场，演出马上就要开始，现场安静极了，我的心怦怦地跳，等着工作人员把那扇门打开……

也许是因为首演的缘故，也许是因为这是在上海第一次举办普希金诗作的专场，比起平时的演出我更紧张一些。站在台侧听着安德烈演奏拉赫玛尼诺夫的《升 C 小调前奏曲》，我不断地告诉自己不能因为紧张而出错，因为整场演出我的任务是担任解说。

解说词写得精练而形象，故事性很强，我读第一遍的时候就感觉随着这位俄罗斯诗人的一辈子走了一次，感动而又伤感。我想把自己的这种思绪传递给观众，让他们在这两个小时的演出中也能像我一样，感受这个存在于 180 年前伟大的诗歌魂灵，体会他感动了一代又一代人的隽永诗篇。

当我读到“决斗中身负重伤的诗人躺在他钟爱的长沙发上，经过两天痛苦的煎熬，最后于 1837 年 2 月 10 日下午 2 点 45 分告别了这个世界”时，观众安静而专注，似乎诗人和他的长沙发就在附近的某一个地方，离我们很近……

这场演出朴实无华，深情而又别致。尽管排练时间不是很多，但每个人都全情投入，想把自己最好的状态放进去，我为自己能参与其中而高兴。除了解说我还念了普希金著名的诗篇《假如生活欺骗了你》。这首诗在高中的时候就曾读过，但说实话，那个时候青春年少不知愁滋味，体会也就没有那么深。如今人到中年，读来就像是每个字都在生活的长河中浸润过一样，真实、准确而给人以安慰。以至于在演出结尾邀请所有的现场观众一起念的时候，从聆听到朗诵，大家似乎都想把自己对生活的感悟通过这首诗表达出来，场面感人。

这次演出结束之后，我又专程去了一次汾阳路上矗立着普希金铜像的街心花园，那里有我儿时难忘的记忆。上小学的时候，我每天都要经过那里。这个四叉路口的交汇点，这么多年来变化不大，这种不变的感觉让人觉得珍贵，它会把记忆深处的许多东西唤醒……

我抬头望去，普希金的头微微转向左侧，平静地注视着远方，我希望他能知道，在他离开这个世界180年之后，在遥远的东方依然有那么多人怀念他。

严晓频：上海电影制片厂演员。她的表演风格真挚内在，获得影视界内外的广泛好评，并曾获得中国电视金鹰奖的最佳女主角提名。

又读普希金

曹雷

最近，在参加了《致普希金》诗歌音乐朗诵会后，自己重新朗读了一遍赵丽宏先生的《诗魂》，感慨万千！于是再次打开了普希金的诗集。

儿时，在父亲书架里一本普希金文集的封面上，最早认识了这位有着兜腮胡子尖鼻子的诗人。最早接触他的诗，是孩子们都会喜欢的《渔夫和金鱼的故事》。那可爱的、有着魔法的金鱼一次次报答那个救了他的渔夫，却满足不了渔夫老婆的欲望，最后终于让贪婪的人受到了报应。

到了中学时代，同学中开始流行收集和朗诵普希金的诗歌。那时，很多爱好文学艺术的学生，都会在自己的小本本上抄写普希金的诗句，或相互赠送。我们惊奇地发现，这位年轻的、仅只有 37 年生命的诗人，一生竟留下了那样多，多到难以计数的长诗短句！他几乎把生活中的所有情感都化成了诗句！我们尽管与普希金生活在不同的年代、不同的历史背景下、不同的社会里，却都能从他的诗句中找到情感的共鸣。

慢慢的，对普希金了解渐多，我们发现，普希金的诗歌虽然能让人感受到阳光般的温暖、能给人带来生活的勇气，但诗人的一生，却充满了不幸！在沙皇的专制统治下，他二十一岁时，就因为写下了当时在民众中广为流传的呼吁自由的诗歌《自由颂》和《致恰达耶夫》而激怒了沙皇，因此被流放到了俄国南方；四年后，又因为他在流放时期桀骜不驯，创作了大量激进的诗歌，再次被流放到俄国西北部，软禁在他家族的世袭庄园里。

但是，沙皇的这些措施，一点没有使普希金“驯服”下来，相反地，更加强了他对自由的渴望以及对沙皇专制统治的深恶痛绝。在再次被流放的期间，他写下了包括悲剧《鲍里斯 · 戈都诺夫》和长诗《茨冈》在内的大量优秀作品。

由于多年被禁锢，由于孤独，普希金对生活中任何一点温暖美好的事物和感情都极为珍惜、感动。这些都融入了他的诗歌里。他年青，孤独的心灵渴望爱情，在孤寂的流亡生活中，除了终日陪伴他的奶妈，他能见到的女性并不多。凡他接触过的女性多半会让他动情，所以，他也留下了很多“情诗”，包括给他奶娘的诗《冬天的晚上》。

普希金的很多好朋友都成为了激进的、反对沙皇独裁统治的“十二月党”人。这些贵族青年曾在首都发动了旨在推翻沙皇统治的起义，这次的起义，由于脱离被奴役的下层百姓而不可避免地失败了。那时，普希金还在流放期中，但他的心是同十二月党人在一起的。当十二月党人中的很多人被发配到西伯利亚矿井去服苦役时，普希金写了很多同情歌颂他们的诗篇。普希金为十二月党人和他们忠诚的妻子写的诗句中曾用“遥远迷人的星辰”来形容他们。20 世纪，俄罗斯曾为这段历史拍过一部影片，就用普希金的诗句“遥远迷人的星辰”作片名。

他流放期满回到彼得堡后，沙皇曾问过他：如果你在彼得堡，会不会参加起义？普希金直言不讳地说：会的！一定会的！

普希金的一生是短促的、孤独的；但又是丰富的、辉煌的！他的诗歌延续了他的生命；他的诗歌也把他和俄国、和世界上爱好自由的人连在了一起！所以，我们今天朗诵他的诗歌，还会受到那么多听众的欢迎；在俄国、在世界各地，还会树立起那么多他的塑像。尽管，普希金逝世 100 周年时树立在中国上海的普希金铜像，在以后的半个世纪中，和中国人民一同经历过不止一次的灾难，但在他逝世 150 周年时，终于又一次地树立起来！

正像普希金在他的《纪念碑》一诗中所说的：“他抬起那颗不肯屈服的头颅，高耸在亚历山大的纪念石柱之上！”

曹雷：上海电影译制片厂国家一级演员。曾获得白玉兰优秀舞台表演艺术奖和佐临表演艺术奖，并曾出版著作《远去的回响》《随影而行》《随音而行》等。

皮萨列夫访谈

朱苾湉采访
2017 年 1 月 3 日 晚 9:00
哈尔滨音乐厅后台

朱：朱苾湉
皮：皮萨列夫

2017 年 1 月 3 日晚，安德烈 · 皮萨列夫刚结束柴科夫斯基《第一钢琴协奏曲》的成功演出，一个人安静地坐在化妆间里，“这是我今年的第一场音乐会，竟然是在中国，真是太好了！”就在当天早晨，哈尔滨交响乐团团长曲波听完皮萨列夫与乐团的彩排后，立刻决定聘请他为乐团的驻团艺术家。“他是一位伟大的钢琴家！我不用‘优秀’，不用‘著名’这样的词，我就用‘伟大’来形容他，因为他承担得起‘伟大’这个词。”

安德烈 · 皮萨列夫是俄罗斯功勋艺术家，国际著名经纪公司 IMG Artists 的签约艺术家，莫斯科柴科夫斯基音乐学院钢琴系主任。2 月 10 日，普希金逝世 180 周年之际，他将联合王耀庆、达式常、肖雄、严晓频、姚锡娟、曹雷、濮存昕（按姓氏笔画排序）在上海东方艺术中心共同演出《致普希金》诗歌音乐会，演绎数首柴科夫斯基和拉赫玛尼诺夫的经典作品。此前两次他在东艺举办的四场音乐会取得了极大的成功并引起了广泛的社会关注，门票场场售罄。在皮萨列夫即将第三次亮相东艺之前，他接受了专访。

朱：您之前在上海东方艺术中心与著名表演艺术家曹雷女士一起演出过以“一夜肖邦”和柴可夫斯基的“四季”为主题的诗歌朗诵音乐会，请和我们谈一谈朗诵音乐会这种艺术表现形式。

皮：音乐和诗歌是非常贴近的艺术，所以它们可以相辅相成，贯通起来。对于观众而言，这样的形式应该是很有意思的，回味无穷的。音乐本身就是用旋律讲述的诗歌，而诗歌也是在用另一种途径表达音乐的内涵。它们在一起的时候水乳交融，那种感染力应该说是更强烈的。

朱：这次的主题是普希金诗歌，您选定了许多柴可夫斯基、拉赫玛尼诺夫的钢琴小品。您在选择曲目的时候是怎么考虑的？

皮：选择曲目有难点，很难找到百分之百对应的曲子。多多少少，它都会与诗有一些偏差。因为每一首诗都很有个性，选择的曲子也许会比较贴近那种情绪，或者有相似的情节，但不是完全契合的，或者说其中的叙述和诗一样，但总有些东西不是百分之百一致的。这个编排观众听下来会觉得很有意思。诗歌和音乐穿插，其实不完全是用诗和音乐来互相表现，但是从头到尾听下来，你会感到它的内在逻辑。

朱：您自己喜欢普希金吗？有没有最喜欢的作品？

皮：我非常喜欢他！此次来中国巡演的旅途中，我还带了一本普希金的著作，1985 年出版的旧书，在飞机上看。但如果说作品，我很难找到“最”喜欢的，很难选择。

朱：很多俄罗斯作曲家都根据普希金的作品谱过曲，您怎么看？觉得哪个最贴切？

皮：在俄罗斯有很多这样的艺术歌曲，都用了普希金的诗歌。拉赫玛尼诺夫有一首浪漫曲《不要再唱了，美人》，就是根据普希金的一首写格鲁吉亚故事的诗谱曲的。格林卡、里姆斯基-科萨科夫也都写过这样的艺术歌曲。普希金在文化中是一个特殊的人物，他在俄罗斯文化中占据了最重要的位置，感染了很多很多的作曲家。

朱：您觉得普希金对于今天的俄罗斯产生了什么样的影响？

皮：我觉得谁来研究、阅读普希金，谁就是幸福的人。但是很遗憾，现在有一些人已经完全不了解普希金了，甚至也不知道普希金是谁。这是事实，在俄罗斯也是这样，不能说是所有人，可能很多人真的不了解普希金，这是很悲哀的一件事。

朱：这将是你第三次来到上海东方艺术中心演出，您对那里的感觉怎么样？

皮：我认为上海东方艺术中心是世界一流的艺术中心，管理专业，声响效果不错，钢琴弹起来上手，音色漂亮，观众素质很高。去年的“一夜肖邦”朗诵音乐会让我印象深刻，超过 100 分钟的演出，没有中场休息，满场观众都听得非常认真。2 月 10 日的音乐会将有中国的许多知名艺术家参与，感谢东艺和这些艺术家们愿意共同推广俄罗斯文化！我很荣幸能够参与这个项目，非常期待这次演出！

安德烈·皮萨列夫：俄罗斯功勋艺术家、钢琴家。毕业于莫斯科柴可夫斯基音乐学院，现担任该校钢琴系主任及教授。曾获萨尔茨堡国际莫扎特钢琴比赛大奖，以及莫斯科拉赫玛尼诺夫国际钢琴比赛第一名及奏鸣曲和莫扎特协奏曲特别奖。

后记

姜江

记得2014年的6月6日，我和好友爱华正在圣彼得堡，当时随处可见纪念普希金的大小集会，每一尊普希金的雕塑前都有美丽的鲜花，仿佛是圣彼得堡的盛大节日。那时我们就相约回国要做一台关于普希金的演出。

2016年爱华和陈易约我讨论这台朗诵音乐会。回京后我通过童道明先生介绍认识了翻译家刘文飞，刘老师很快整理了这个文本，当文本交给我时，心里便已经有了后来舞台上的一幅幅画面。陈易又介绍了钢琴家安德烈·皮萨列夫用俄罗斯乐曲贯穿整场。这位沉静又内敛的钢琴家非常受朗诵家们的喜爱，大家称他为“钢琴诗人”。

感谢六月的圣彼得堡，感谢爱华和陈易，感谢童先生和刘老师，人生多么奇妙，每一次相逢都可能是一次奇遇。

我还想借此说出自己心中多年的感激，感激姚锡娟、达式常、曹雷、濮存昕、肖雄、严晓频几位亦师亦友的艺术家，我的人生中已经烙下关于他们的深刻印记。

感谢中国台湾演员王耀庆，以我们共同的母语又带有台湾特有气质的“表达”。

也要特别感谢商务印书馆的丛晓眉女士，没有她的支持也没有这本特殊的“音乐朗诵书”。

2019 年 6 月 6 日是普希金诞辰 220 周年的纪念日，好友孙强和俄罗斯功勋艺术家尼基塔·博里索-格莱布斯基和钢琴家格奥杰·柴伊兹即将加盟演出。

每一次开场，都是一次新的相逢。

普　希　金　的　手　绘　画

英国诗人威廉·华兹华斯 1818 年

囚徒 1822 年

打台球的丘赫尔别凯及众人 1824 年

凯恩的背影 1824年

普希金与奥涅金在涅瓦河畔 1824 年

丘赫尔别凯和雷列耶夫在参政院塔楼
（二人均为十二月党人、诗人，普希金的好友）

1825 年

安娜·凯恩 1825 年

扎克列夫斯卡娅 1828 年

格里鲍耶陀夫
（俄国 19 世纪最杰出的剧作家之一，
代表作为喜剧《聪明误》《大学生》等）
1829 年

小说《青铜骑士》插图 1829 年

《叶甫盖尼·奥涅金》主人公 1830 年

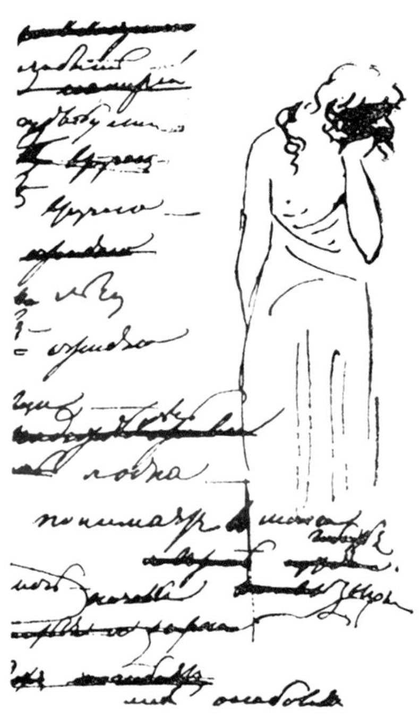

《叶甫盖尼·奥涅金》中哭泣的塔吉亚娜 1830 年

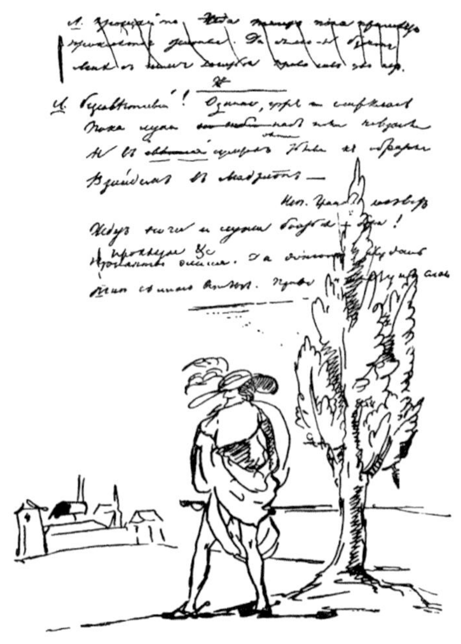

剧本《石客》1830 年

莎士比亚戏剧《一报还一报》1833 年

演　出　剧　照

从上到下依次为达式常、濮存昕、王耀庆

摄影 / 刘壮华

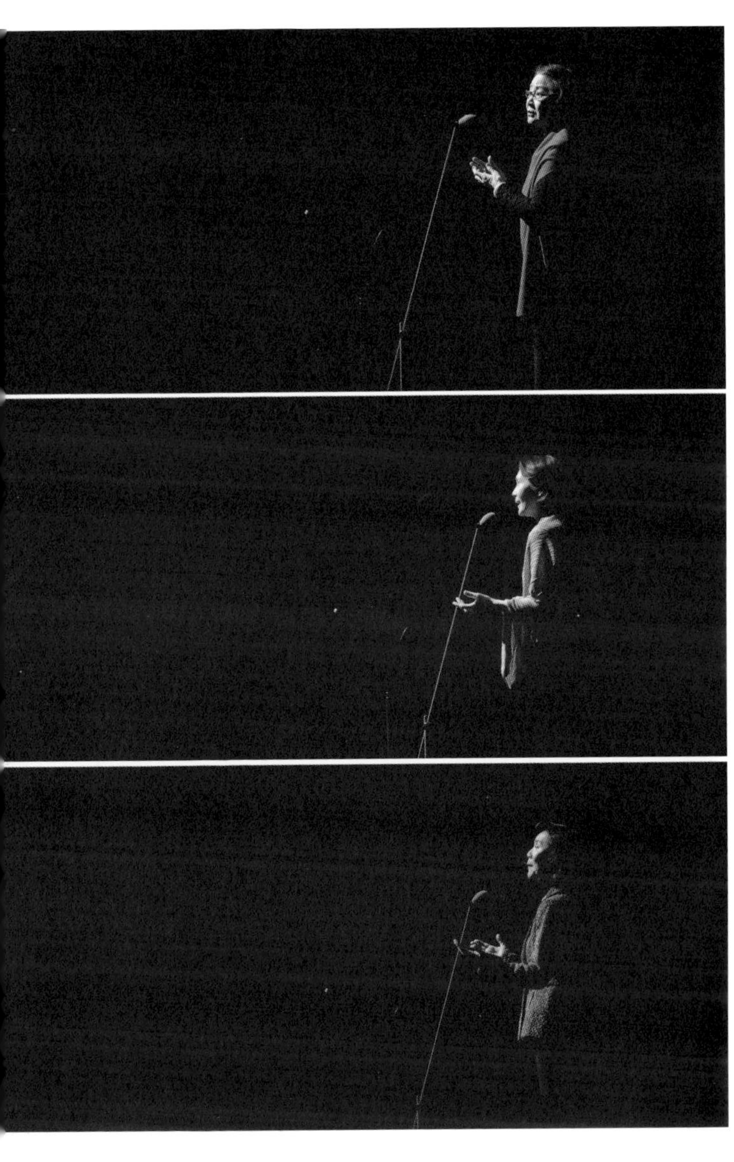

从上到下依次为姚锡娟、肖雄、严晓频

摄影 / 刘壮华

王耀庆走台中　摄影 / 刘壮华

达式常在《叶甫根尼·奥涅金》走台中

摄影 / 刘壮华

濮存昕在走台时朗诵《纪念碑》 摄影 / 刘壮华

合乐中的肖雄　摄影 / 刘壮华

姚锡娟在《叶甫根尼·奥涅金》中饰解说人

摄影 / 丁振杰

严晓频担任讲述人　摄影 / 刘壮华

王耀庆朗诵《曾几何时：我们青春的节日……》

摄影 / 刘志愿

安德烈·皮萨列夫在后场

摄影 / 刘壮华

上下：《秋天》走台花絮　摄影 / 刘壮华

上下：《秋天》演出中　摄影 / 丁振杰

曹雷担任讲述人　摄影 / 刘志愿

安德烈·皮萨列夫在演出中　摄影 / 刘志愿

上下：《叶甫根尼·奥涅金》谢幕中　摄影 / 刘壮华

演出结束谢幕　摄影 / 刘壮华

2017 年《致普希金》演出合照：安德烈·皮萨列夫、达式常、姚锡娟、严晓频、肖雄、濮存昕、王耀庆

摄影 / 刘壮华

2018 年《致普希金》演出合照：安德烈 · 皮萨列夫、曹雷、姚锡娟、严晓频、王耀庆、达式常、肖雄、濮存昕、顾非儿、黄婧　摄影 / 刘壮华

图书在版编目(CIP)数据

致普希金/刘文飞,姜江编著. —北京:商务印书馆,2019

ISBN 978-7-100-16654-6

Ⅰ.①致… Ⅱ.①刘… ②姜… Ⅲ.①诗集—俄罗斯—近代 Ⅳ.①I512.24

中国版本图书馆CIP数据核字(2018)第216434号

致普希金

刘文飞 姜江 编著

商务印书馆出版

(北京王府井大街36号 邮政编码100710)

商务印书馆发行

山东临沂新华印刷物流集团有限责任公司印制

ISBN 978-7-100-16654-6

2019年5月第1版 开本 889×1194 1/32

2019年5月第1次印刷 印张 4¾ 插页 16

定价:39.00元